coleção fábula

XAVIER DE MAISTRE

# VIAGEM AO REDOR DO MEU QUARTO

TRADUÇÃO DE
VERESA MORAES

POSFÁCIO DE
ENRIQUE VILA-MATAS

editora■34

**9**
XAVIER DE MAISTRE
**VIAGEM AO REDOR DO MEU QUARTO**

**73**
ENRIQUE VILA-MATAS
**A VIAGEM AO REDOR**

*Li, em vários autores de saber profundo,*
*Que pouco vale andar à toa pelo mundo.*
—LOUIS GRESSET

# 1

Como é glorioso inaugurar uma nova carreira e surgir de repente no mundo letrado, um livro de descobertas à mão, como um cometa inesperado que reluz no espaço!

Não, não guardarei mais meu livro *in petto*; ei-lo, senhores, leiam-no. Empreendi e levei a cabo uma viagem de quarenta e dois dias ao redor do meu quarto. As observações interessantes que fiz e o prazer contínuo que senti ao longo do caminho me inspiraram o desejo de trazê-lo a público; a certeza de sua utilidade facilitou a decisão. Meu coração saboreia uma satisfação inexprimível quando penso no número infinito de infelizes aos quais ofereço um recurso garantido contra o tédio e um alívio das dores de que padecem. O prazer que há em viajar dentro do próprio quarto está a salvo do ciúme inquieto dos homens; ele tampouco está ao sabor da fortuna.

Haverá, com efeito, criatura tão infeliz, tão abandonada que não lhe reste um reduto para o qual possa se retirar e onde possa se esconder de todo mundo? Não é preciso outra coisa para dar início à viagem.

Estou convicto de que todo homem sensato adotará meu sistema, seja qual for seu caráter e seu temperamento; seja avaro, seja pródigo, rico ou pobre, jovem ou velho, nascido na zona tórrida ou próximo do polo, nada o impede de viajar como eu; em suma, na imensa família dos homens que formigam sobre a face da Terra, não há quem —— não, não há (quero dizer, dentre aqueles que moram em quartos) ——, não há quem possa, depois de ler este livro, recusar sua aprovação à nova maneira de viajar que introduzo no mundo.

# 2

Eu poderia começar o elogio da minha viagem dizendo que ela não me custou nada. O quesito merece atenção: ei-la desde já elogiada, festejada por pessoas de fortuna medíocre; mas há também outra classe de homens junto à qual é ainda mais certo que ela faça sucesso pela mesma razão, isto é, por não custar nada. —— Quem? —— Ora, você ainda pergunta? Os ricos. De resto, como essa forma de viajar vem bem a calhar para os enfermos! Não terão nada a recear diante das intempéries do clima e das estações do ano. —— Quanto aos poltrões, estarão a salvo dos ladrões; não darão com charcos ou precipícios. Milhares de pessoas que, antes de mim, não haviam ousado, outras que não podiam, outras mais que nem sequer cogitavam viajar —— todas hão de seguir meu exemplo. O ser mais indolente hesitaria em pegar a estrada comigo na busca de um prazer que não lhe custará nem pena nem dinheiro? —— Coragem, então, partamos! —— Sigam-me, todos vocês a quem as dores de amor ou o descaso dos amigos retêm em seus cômodos, longe da mesquinhez e da perfídia dos homens. Que todos os infelizes, os doentes e os entediados do universo me sigam! —— Que todos os preguiçosos se levantem em *massa*! —— E você, que rumina em seu espírito projetos sinistros de reforma ou de retiro por alguma infidelidade; você, que no fundo de uma alcova renuncia ao mundo pelo resto da vida; vocês, amáveis anacoretas de uma noite só, venham também: abandonem, por favor, essas ideias sombrias; estão desperdiçando um instante de prazer sem ganhar sabedoria alguma. Queiram me acompanhar na minha viagem; faremos um trecho curto por dia, zombando, ao longo do caminho, dos viajantes que viram Roma e Paris; nenhum obstáculo poderá nos deter; e, entregando-nos alegremente à nossa imaginação, nós a seguiremos seja lá aonde ela nos queira levar.

# 3

Como há gente curiosa neste mundo!
 Tenho certeza de que o leitor gostaria de saber por que minha viagem ao redor do meu quarto durou quarenta e dois dias em vez de quarenta e três, ou qualquer outro espaço de tempo; mas como eu poderia explicar, se eu mesmo o ignoro? Tudo que lhe posso assegurar, caso a obra pareça longa demais para seu gosto, é que não dependeu de mim torná-la mais curta: no que me diz respeito, vaidade de viajante à parte, um capítulo teria bastado. É bem verdade que eu estava no meu quarto, com todo regalo e conforto possível, mas ai de mim! Não estava no meu poder sair dali ao meu bel-prazer; acredito mesmo que, sem a intervenção de certos personagens poderosos que me queriam bem —— e por quem minha gratidão não se apagou ——, eu teria tido tempo de redigir todo um in-fólio, tal era a determinação daqueles protetores que me faziam viajar no meu quarto.
 Entretanto, leitor sensato, veja a que ponto esses homens estavam errados e perceba bem, se puder, a lógica do que passo a expor.
 Haverá coisa mais natural e mais justa que degolar um sujeito que, por distração, nos pisa o pé ou deixa escapar algum termo picante num momento de despeito, causado por nossa própria imprudência, ou que ainda, digamos, tem a infelicidade de agradar a nossa amante?
 Vai-se a um descampado, e ali, como *Nicole* fazia com o *Burguês Fidalgo*, tenta-se dar um golpe de quarta quando o outro se põe em guarda de terça; e, para que a vingança seja segura e completa, avançamos a peito nu e corremos o risco de morrer às mãos do inimigo de quem nos queríamos vingar. — Logo se vê que não há nada de mais coerente, e, contudo, há quem desaprove esse hábito louvável! Tão coerentes quanto o resto, as mesmas pessoas que desaprovam esse costume e gostariam que o víssemos como um erro grave, essas mesmas pessoas tratariam da pior maneira quem se recusasse a cometê-lo. Mais de um infeliz perdeu a reputação e o emprego ao dar ouvidos a tais opiniões, de maneira que, quando se tem a infelicidade de estar às voltas com isso a que se chama *uma pendência*, não seria má ideia que tirássemos a sorte a fim de saber se devemos resolvê-la segundo

as leis ou os costumes; e, como as leis e os costumes se contradizem, os juízes poderiam igualmente definir a sentença jogando dados. —— E é provavelmente por uma decisão desse gênero que se explica por que e como minha viagem durou exatos quarenta e dois dias.

# 4

Giovanni Battista Beccaria (1716-1781), padre e físico, estudioso da eletricidade e membro da Royal Society de Londres. [N.E.]

Meu quarto encontra-se no quadragésimo quinto grau de latitude, de acordo com os cálculos do padre *Beccaria*; sua orientação é do nascente ao poente; ele forma um retângulo com trinta e seis passos de perímetro, quando se anda bem rente à parede. Mas minha viagem contará muitos passos mais, pois hei de percorrer meu quarto em comprimento, em largura ou ainda na diagonal, sem seguir regra nem método. —— Farei mesmo zigue-zagues e seguirei todas as linhas possíveis da geometria, se preciso for. Não tenho apreço por essas pessoas tão completamente senhoras de si, de seus passos e de suas ideias, que chegam a ponto de dizer: "Hoje farei três visitas, escreverei quatro cartas e terminarei este livro que comecei". —— Minha alma é tão aberta a todo tipo de ideias, de inclinações e de sentimentos, ela acolhe tão avidamente tudo que se lhe apresenta!... —— E por que ela haveria de recusar os prazeres dispersos ao longo do difícil caminho da vida? São tão raros, tão dispersos, que seria preciso ser louco para não se deter e mesmo se desviar do caminho para colher todos que estiverem ao nosso alcance. Não há nada de mais atraente, para mim, que seguir no encalço das ideias, como o caçador persegue a caça, sem pensar em manter qualquer rota. Quando viajo ao redor do meu quarto, raramente sigo uma linha reta: saio da mesa em direção a um quadro deixado num canto; dali, parto obliquamente rumo à porta; mas por mais que, ao partir, minha intenção seja a de chegar ali, não faço cerimônias se encontro minha poltrona a meio caminho e nela me acomodo sem demora. —— A poltrona é um móvel excelente; ela é, sobretudo, da mais alta utilidade para todo homem meditativo. Nos longos serões de inverno, é por vezes aconchegante e é sempre prudente deixar-se estar ali molemente, longe do alarido das assembleias numerosas. —— Uma boa lareira, livros, plumas: quantos recursos contra o tédio! Sem falar no prazer de esquecer os livros e as plumas para remexer as brasas da lareira, entregue a alguma doce meditação ou improvisando uns versos para alegrar os amigos! As horas deslizam sobre nós e se precipitam em silêncio pela eternidade, sem nos fazer sentir sua triste passagem.

# 5

Para lá da poltrona, avançando na direção norte, divisa-se a cama, que fica ao fundo do meu quarto e que forma a mais agradável perspectiva. Está disposta da maneira mais feliz: os primeiros raios do sol vêm brincar entre as cortinas. —— Eu os vejo, nos belos dias de verão, avançar ao longo da parede branca à medida que o sol se levanta: os olmos diante da minha janela dividem-nos de mil maneiras e os fazem cair sobre minha cama, em cor-de-rosa e branco, com reflexos que espalham por toda parte um colorido encantador. —— Ouço o gorjeio confuso das andorinhas que se apossaram do teto da casa, bem como os outros pássaros que vivem nos olmos: então mil ideias risonhas ocupam meu espírito; e, em todo o universo, não há quem tenha um despertar tão agradável, tão sereno quanto o meu.

Confesso que adoro desfrutar desses instantes amenos e que sempre prolongo, até onde posso, o prazer que sinto em meditar no brando calor da minha cama. —— Haverá teatro mais propício à imaginação, capaz de despertar ideias mais doces, que o móvel ao qual por vezes me abandono? —— Leitor recatado, não se assuste —— mas como não falar da alegria de um amante que, pela primeira vez, envolve uma esposa virtuosa em seus braços? Prazer inefável, que meu triste destino me condena a nunca experimentar! Não é num leito que as mães, ébrias de felicidade com o nascimento de um filho, esquecem suas dores? É na cama que os prazeres fantásticos, frutos da imaginação e da esperança, vêm nos agitar. —— Enfim, é nesse móvel delicioso que olvidamos, durante metade da vida, os dissabores da outra metade. Mas que multidão de pensamentos agradáveis e tristes é esta que vem se apinhar no meu cérebro? Que mistura notável de situações terríveis e deliciosas!

Uma cama nos vê nascer e nos vê morrer, teatro inconstante em que o gênero humano encena, dia após dia, dramas interessantes, farsas risíveis e tragédias espantosas. —— A cama é um berço enfeitado de flores; —— é o trono do amor; —— é um sepulcro.

# 6

Este capítulo se destina exclusivamente aos metafísicos. Ele há de lançar uma nova luz sobre a natureza do homem: ele é um prisma por meio do qual será possível analisar e decompor as faculdades humanas, distinguindo a força animal dos raios puros da inteligência.

Seria impossível explicar como e por que vim a queimar meus dedos logo aos primeiros passos que dei, quando começava minha viagem, se não explicar antes ao leitor, nos mínimos detalhes, meu sistema *da alma e do animal*. — Aliás, essa descoberta metafísica tem tanta influência sobre minhas ideias e ações, que seria muito difícil compreender este livro caso eu não oferecesse essa chave já de saída.

Percebi, no curso de diversas observações, que o homem é composto de uma alma e de um animal. — Esses dois seres são absolutamente distintos, mas a tal ponto encaixados um no outro, ou, melhor dizendo, um sobre o outro, que foi preciso dotar a alma de alguma superioridade sobre o animal para que se pudesse distinguir entre ambos.

Aprendi com um antigo professor que *Platão* (se a memória não me engana) chamava a matéria de *o outro*. Está bem, mas eu preferiria dar esse nome de preferência ao animal conjugado à nossa alma. Essa substância, sim, é o verdadeiro *outro* que nos atormenta de maneira tão estranha. Sabe-se, em linhas gerais, que o homem é duplo, uma vez que é composto, segundo dizem, de uma alma e de um corpo, e acusam esse corpo de sabe-se lá quantas coisas; com o que cometem grande erro, pois o corpo é tão incapaz de sentir como de pensar. É contra o animal que devíamos nos voltar, contra esse ser sensível, perfeitamente distinto da alma, verdadeiro *indivíduo* que tem existência à parte, tem gostos, inclinações, vontade, e que só está acima dos outros animais porque foi mais bem adestrado e provido de órgãos mais perfeitos.

Senhores e senhoras, orgulhem-se de vossa inteligência a seu bel-prazer, mas desconfiem fortemente do *outro*, sobretudo quando estiverem em sociedade!

Conduzi um sem-número de experiências sobre a união dessas duas criaturas heterogêneas. Constatei claramente, por exemplo, que a alma pode impor obediência ao animal e que, por uma reviravolta lamentável, este último muitas vezes obriga a alma a agir contra sua própria vontade. Segundo a letra da lei, uma detém o poder legislativo e o outro, o poder executivo; mas esses dois poderes se contrariam com frequência. —— A grande arte de um homem de gênio consiste em saber adestrar bem seu animal, para que ele possa andar por conta própria, enquanto a alma, liberta desse companheiro sofrível, fica livre para se elevar aos céus.

Mas é necessário esclarecer esse ponto por meio de um exemplo.

Quando se põe a ler um livro, e uma ideia mais agradável lhe vem de repente à imaginação, meu senhor, sua alma se aferra imediatamente a ela e esquece o livro, enquanto seus olhos seguem maquinalmente as palavras e as linhas; o senhor termina de ler a página sem compreendê-la e sem recordar o que leu. —— Isso se deve ao fato de que sua alma, tendo ordenado a seu companheiro que cuidasse da leitura, não o avisou sobre sua breve ausência; de maneira que o *outro* seguia adiante com a leitura que sua alma já não escutava mais.

# 7

Isso não lhe parece claro!? Eis aqui mais um exemplo.
Certo dia do verão passado, tratei de ir à Corte. Tinha pintado durante toda a manhã, e minha alma, deleitando-se em meditar sobre pintura, delegou ao animal a tarefa de me transportar ao palácio real.

—— Que arte sublime é a pintura! —— pensava minha alma. Feliz aquele que o espetáculo da natureza comoveu, que não é obrigado a pintar quadros para viver, que não pinta unicamente como passatempo, mas que, tocado pela majestade de uma bela fisionomia e pelos jogos admiráveis da luz que se funde em mil nuances sobre o rosto humano, trata de se aproximar, em suas obras, dos efeitos sublimes da natureza! Feliz também o pintor a quem o amor à paisagem conduz a passeios solitários, que sabe expressar na tela o sentimento de tristeza que lhe inspira um bosque sombrio ou uma campina deserta! Suas produções imitam e reproduzem a natureza; ele cria mares novos e negras cavernas, que o sol desconhece; a suas ordens, verdes arvoredos surgem do nada, o anil do céu se reflete em seus quadros; ele conhece a arte de levantar as brisas e fazer rugir as tempestades. Em outras ocasiões, oferece ao olho do espectador encantado os campos amenos da antiga Sicília: veem-se ninfas alvoroçadas a esquivar, entre os caniços, a perseguição de um sátiro; templos de arquitetura majestosa erguem seu frontão soberbo acima da floresta sagrada que os circunda; a imaginação se perde pelos caminhos silenciosos desse país ideal; os ermos azulados se confundem com o céu, e a paisagem inteira, repetindo-se nas águas de um rio tranquilo, forma um espetáculo que nenhuma língua humana saberia descrever. —— Enquanto minha alma fazia essas reflexões, o *outro* seguia em frente, e só Deus sabe para onde ia! —— Em vez de ir ter à Corte, conforme as ordens, derivou tanto à esquerda, que, no momento em que minha alma o alcançou, estava à porta da senhora de *Hautcastel*, a meia milha do palácio real.

Deixo ao leitor imaginar o que teria acontecido, tivesse o *outro* entrado sozinho na casa de tão bela dama.

# 8

Se é útil e agradável ter uma alma destacada da matéria, e assim ter como fazê-la viajar sozinha quando se julgue necessário, essa faculdade tem lá seus inconvenientes. É a ela, por exemplo, que devo a queimadura de que falei nos capítulos anteriores. —— Costumo delegar ao meu animal a tarefa de preparar meu café da manhã; é ele que tosta meu pão e o corta em fatias. Ele prepara às maravilhas o café e muitas vezes chega a tomá-lo sem que minha alma se intrometa, a não ser quando esta se diverte a vê-lo trabalhar; mas isso é raro e muito difícil de executar: pois é fácil, quando se realiza uma operação mecânica, pensar em outra coisa; mas é extremamente difícil ver-se agindo, por assim dizer —— ou, para me explicar segundo meu sistema: é difícil pôr a alma para observar o funcionamento do animal e vê-lo trabalhar sem tomar parte. —— Essa é a proeza metafísica mais espantosa que um homem pode executar.

Eu deixara minhas pinças sobre a grelha em que tostava meu pão; pouco depois, enquanto minha alma viajava, eis que um toco de lenha ardente rola na lareira; meu pobre animal levou a mão às pinças sobre a grelha, e eu queimei os dedos.

# 9

Espero ter desenvolvido minhas ideias a contento nos capítulos anteriores, a fim de dar o que pensar ao leitor e quem sabe torná-lo capaz de fazer descobertas nesse caminho auspicioso: ele não poderá senão ficar satisfeito de si, caso venha, um dia, a ensinar sua alma a viajar sozinha; de resto, os prazeres que essa faculdade lhe proporcionará compensarão os quiproquós que dela resultem. Haverá prazer mais lisonjeiro que o de ampliar dessa maneira sua existência, ocupar ao mesmo tempo a terra e os céus e duplicar, por assim dizer, o próprio ser? —— O desejo eterno e jamais saciado do homem não consiste em aumentar seu poder e suas capacidades, em querer estar onde não está, em recordar o passado e viver no futuro? —— O homem quer comandar exércitos, presidir academias; deseja ser adorado pelas beldades; e, quando possui tudo isso, sente falta do campo e da tranquilidade, e inveja a cabana dos pastores; seus projetos, suas esperanças naufragam sem trégua contra as mazelas reais da natureza humana; ele não sabe por onde encontrar a felicidade. Um quarto de hora viajando comigo há de lhe mostrar o caminho.

Ah, por que não deixar ao *outro* esses cuidados miseráveis, essa ambição que atormenta? —— Venha, pobre coitado! Faça um esforço para romper a prisão e —— do alto do céu a que vou conduzi-lo, entre os orbes celestes e o Empíreo —— observe seu animal solto pelo mundo, correndo por conta própria a carreira da fortuna e das honras; veja com que gravidade ele anda entre os homens: a multidão respeitosa abre caminho, e, creia-me, ninguém perceberá que ele vai sozinho; a turba em meio à qual ele passeia nem por sombra há de querer saber se ele tem alma ou não, se pensa ou não. —— Sem se darem conta, mil mulheres sentimentais cairão furiosamente apaixonadas por ele; sem nenhum socorro da alma, ele pode mesmo chegar ao mais alto favor de todos, à mais feliz fortuna. —— Em suma, eu não ficaria nada surpreso se, ao nosso retorno do Empíreo, a alma do leitor voltasse para casa e se visse diante do animal convertido em personagem de prol.

# 10

Que ninguém pense que, em vez de cumprir a palavra e fazer a descrição da minha viagem ao redor do meu quarto, eu esteja batendo em retirada para fugir ao aperto: muito se engana, pois o fato é que minha viagem segue em frente, e, enquanto minha alma, recolhendo-se em si mesma, percorria, no capítulo precedente, as veredas tortuosas da metafísica, —— eu continuava sentado na minha poltrona, na qual me encostei de tal modo que seus dois pés dianteiros se elevaram a duas polegadas do chão; e, balançando-me para a direita e para a esquerda, eu ganhava terreno e, pouco a pouco, chegava perto da parede. —— É assim que viajo, quando não estou com pressa. —— Tendo chegado ali, minha mão pegara maquinalmente o retrato da senhora de *Hautcastel*, e o *outro* se divertia, espanando a poeira que lhe cobria as feições. —— Essa ocupação causava ao *outro* um prazer tranquilo, e esse prazer se comunicava à minha alma, por mais que esta vagasse nas vastas planícies do céu: pois vale observar que, quando viaja assim no espaço, o espírito sempre conserva sabe-se lá qual elo secreto com os sentidos; de modo que, sem se desviar de suas ocupações, ele pode tomar parte nos prazeres tranquilos do *outro*; mas, caso esse prazer se eleve a certo grau, ou caso seja tocada por algum espetáculo inesperado, a alma logo retoma seu lugar com a velocidade de um relâmpago.

Foi o que me aconteceu enquanto limpava o retrato.

À medida que o trapo retirava a poeira e deixava transparecer os cachos de cabelos loiros e a guirlanda de rosas que os coroava, minha alma distante, no astro a que fora transportada, sentiu um leve arrepio de prazer e compartilhou simpaticamente o deleite do meu coração. Esse deleite tornou-se menos difuso e mais vivo quando o trapo, de um só golpe, revelou a fronte magnífica daquela adorável fisionomia; minha alma se aprestou a abandonar os céus para fruir do espetáculo. Mas estivesse ela nos Campos Elísios ou assistisse ela a um concerto de querubins, a alma não teria tardado mais meio segundo sequer quando seu parceiro, o *outro*, cada vez mais interessado no que fazia, resolveu lançar mão de uma esponja molhada que se lhe apresentava e a passou de repente sobre as

sobrancelhas e os olhos; —— sobre o nariz; —— sobre as faces; —— sobre essa boca —— ah, meu Deus, como me bate forte o coração! ——; —— sobre o queixo, sobre o seio. Foi questão de um instante: toda a figura pareceu renascer e assomar do nada. —— Minha alma se precipitou do céu como uma estrela cadente; encontrou o *outro* num êxtase esplêndido e, ao participar dele, acabou por aumentá-lo. Essa situação, singular e imprevista, fez desaparecer o tempo e o espaço para mim. —— Por um momento, eu vivi no passado e rejuvenesci contra a ordem da natureza. —— Sim, ei-la, essa mulher adorada, é ela mesma: vejo que sorri, que vai falar, dizer que me ama. —— Que olhar! Venha, para que eu a abrace contra meu peito, alma da minha vida, minha segunda existência! —— Venha partilhar da minha embriaguez e da minha felicidade! —— Esse momento foi curto, mas admirável: a fria razão retomou logo seu império, e, num piscar de olhos, envelheci um ano inteiro; ——
meu coração se esfria, se enregela, e me vi de novo junto à multidão de indiferentes que pesam sobre o globo terrestre.

# 11

Não se deve sair à frente dos acontecimentos: o afã de comunicar ao leitor meu sistema da alma e do animal me fez abandonar antes da hora a descrição da minha cama; uma vez terminada, retomarei minha viagem do ponto em que a interrompi no capítulo anterior. —— Peço apenas que o leitor recorde que deixamos minha *outra metade* segurando o retrato da senhora de *Hautcastel*, bem perto da parede, a quatro passos da escrivaninha. Tinha esquecido, ao falar da minha cama, de aconselhar todo homem a, podendo, adquirir uma cama rosa e branca: não há dúvida de que as cores têm grande influência sobre nós, a ponto de nos alegrar ou entristecer, segundo suas nuances. —— O rosa e o branco são as cores consagradas ao prazer e à felicidade. —— A natureza, dando-as à rosa, deu-lhe a coroa do império de Flora; e, ao nascer do sol, quando deseja anunciar um belo dia ao mundo, o céu colore as nuvens nesse tom charmoso.

Um dia, subíamos a duras penas um caminho íngreme: a doce *Rosalie* seguia à frente; sua agilidade lhe dava asas; não havia como acompanhá-la. —— De repente, ao chegar ao alto de uma colina, ela se voltou em nossa direção, a fim de tomar fôlego, e sorriu diante de nossa lentidão. —— Jamais, talvez, as duas cores de que faço o elogio terão triunfado de tal maneira. —— Suas faces afogueadas, seus lábios de coral, seus dentes brilhantes, seu pescoço de alabastro sobre um fundo verdejante arrebataram todos os olhares. Foi preciso deter o passo para contemplá-la: não digo nada sobre seus olhos azuis, nem sobre o olhar que nos lançou, pois acabaria mudando de assunto e, de resto, faço o que posso para pensar nisso o mínimo possível. Que baste esse exemplo, o mais belo que se possa imaginar, da superioridade dessas duas cores sobre todas as outras e de sua influência sobre a felicidade humana.

Não vou mais longe por hoje. De que assunto poderia tratar que não parecesse insípido? Qual ideia não se apagaria diante dessa outra? —— Mal sei quando poderei voltar a pôr mãos à obra. —— Se eu puder seguir adiante, e se o leitor quiser ver o fim da viagem, que se dirija ao anjo distribuidor de pensamentos e rogue a ele que não mais misture a imagem dessa colina à massa de pensamentos descosidos que lança o tempo todo sobre mim.

Sem essa precaução, será o fim da minha viagem.

# 12

..............................................
..............................................
..............................................
....................a colina....................
..............................................
..............................................
..............................................

# 13

De nada vale o esforço; é preciso adiar a partida e fazer pouso por aqui, mau grado meu: é uma pausa de campanha.

# 14

Disse antes que gosto imensamente de meditar no doce calor da minha cama, e que sua cor agradável contribui em muito para o prazer que sinto.

A fim de me proporcionar esse prazer, dei ordens ao meu criado para que entre no meu quarto trinta minutos antes da hora em que decidi me levantar. Ouço-o andar na ponta dos pés e *remexer* discretamente no meu quarto; e esse ruído me propicia o regalo de cochilar, prazer delicado e desconhecido para muita gente.

Estamos acordados o suficiente para perceber que não o estamos de fato e para calcular confusamente que a hora dos negócios e das tribulações ainda está contida na ampulheta do tempo. Aos poucos, meu criado vai se fazendo mais barulhento, tem dificuldade para se conter, pois sabe que a hora fatal se aproxima. —— Ele consulta meu relógio e faz soar os berloques para me avisar; mas eu faço ouvidos moucos e, para prolongar ainda mais essa hora encantadora, não há chicana que eu não faça com esse pobre infeliz. Tenho à mão cem ordens preliminares a lhe dar, todas a fim de ganhar tempo. Ele sabe muito bem que essas ordens que lhe dou de muito mau humor não passam de pretextos para ficar na cama sem demonstrar minha vontade de fazê-lo. Ele finge não perceber, e eu lhe sou verdadeiramente grato.

Por fim, quando esgoto todos os recursos, ele avança até o meio do quarto e se planta ali, de braços cruzados, na mais perfeita imobilidade.

Há que admitir que não haveria maneira de desaprovar minhas intenções com mais espírito e discrição: assim sendo, não resisto nunca a esse convite tácito; eu me espreguiço, para deixar claro que entendi, e eis-me sentado à beira da cama.

Se analisar a conduta do meu criado, o leitor não deixará de observar que, em certos casos delicados, do gênero deste, a simplicidade e o bom senso valem infinitamente mais que o espírito mais agudo. Ouso afirmar que o mais eloquente discurso sobre os males da preguiça não me decidiria tão prontamente a sair da minha cama quanto a reprovação muda do senhor *Joannetti*.

É um perfeito homem de bem, esse senhor *Joannetti*, e igualmente o mais imprescindível de todos para um viajante como eu. Está acostumado às frequentes viagens da minha alma, e nunca se ri das inconsequências do *outro*; volta e meia, chega mesmo a conduzi-lo, quando o vê sozinho; de modo que se poderia dizer que, vez por outra, meu animal é conduzido por duas almas. Quando o *outro* se veste, por exemplo, *Joannetti* me avisa com um gesto que ele está a ponto de calçar as meias do avesso ou vestir o casaco antes do colete. —— Minha alma muitas vezes se divertiu ao ver o pobre *Joannetti* correndo atrás do desvairado sob as arcadas da cidadela para avisá-lo que esquecera o chapéu —— ou, senão, o lenço.

Um dia (devo confessá-lo?), não fosse esse fiel doméstico, que o alcançou ao pé da escadaria, o avoado teria partido rumo à corte sem espadim à cintura, brioso como um grão-mestre de cerimônias empunhando seu augusto bastão.

# 15

"Tome, *Joannetti*", eu disse, "pendure este retrato." —— Ele me ajudara a limpá-lo e mal supunha tudo que se produzira no capítulo do retrato, como tampouco sabe o que anda acontecendo na Lua. Fora ele que, de moto próprio, me estendera o trapo molhado e que, por meio desse gesto, aparentemente de pouca monta, fizera minha alma percorrer cem milhões de léguas num instante. Em vez de devolver o retrato a seu lugar, ele o segurava para, por sua vez, enxugá-lo. —— Mas alguma dúvida, alguma questão em aberto conferia a *Joannetti* certo ar de curiosidade que acabei por notar. "Vejamos", eu lhe disse, "qual defeito é esse que você encontrou no retrato?" "Oh! Nada, senhor." "Vamos, diga!?" Ele o depositou num dos cantos da minha escrivaninha; em seguida, recuando alguns passos, perguntou: "Gostaria que o senhor me explicasse por que este retrato sempre me observa, seja qual for o lado do quarto em que me encontre. Pela manhã, quando faço a cama, o rosto se volta na minha direção, e, se vou à janela, ele continua a me observar e me seguir com os olhos até lá." "Quer dizer então, *Joannetti*", respondo, "que se o quarto estivesse cheio de gente, essa bela senhora espiaria tudo e todos ao mesmo tempo?" "Oh, sim, senhor." "Ela sorriria para os que vêm e para os que vão, assim como sorri para mim?" —— *Joannetti* não respondeu nada. —— Eu me afundei na minha poltrona e, baixando a cabeça, entreguei-me às meditações mais sérias. —— Que facho de luz! Pobre amante! Enquanto definhas, longe da tua amante, que já te terá substituído; enquanto fixas avidamente teus olhos no retrato dela e imaginas que (pelo menos no que diz respeito à pintura) és o único a ser contemplado, a pérfida efígie, tão infiel quanto seu modelo, repousa seus olhares sobre tudo o que a cerca e sorri para todos.

Eis, pois, uma ordem de semelhança moral entre certos retratos e seus modelos em que nenhum filósofo, nenhum pintor, nenhum observador até aqui haviam reparado.

Vou caminhando de descoberta em descoberta.

# 16

*Joannetti* continuava na mesma atitude, esperando resposta à pergunta que me fizera. Tirei a cabeça das dobras do meu *traje de viagem*, em que me enfiara para meditar à vontade e para me recompor dos meus tristes pensamentos. "Não percebe, *Joannetti*", eu disse, após um momento de silêncio e voltando minha poltrona em sua direção, "não percebe que um quadro é uma superfície plana, e que os raios de luz que partem de cada ponto dessa superfície...?" Diante dessa explicação, *Joannetti* arregalou os olhos, a tal ponto que se lhe viam as pupilas inteiras; além disso, tinha a boca entreaberta: esses dois movimentos no rosto humano anunciam, segundo o famoso *Le Brun*, o estágio mais extremo do pasmo. Fora decerto meu animal a enveredar por uma tal dissertação, pois minha alma sabia de sobra que *Joannetti* ignora por completo o que seja uma superfície plana, e, mais ainda, o que sejam raios de luz: como a prodigiosa dilatação de suas pupilas me fizesse voltar a mim mesmo, tornei a enterrar a cabeça na gola do meu traje de viagem, e a enfiei tão fundo que quase a escondi por completo.

 Decidi comer ali mesmo: a manhã ia bem avançada, um passo mais no meu quarto e meu desjejum ficaria para a noite. Deslizei até a borda da poltrona e, apoiando meus dois pés sobre a lareira, esperei paciente pela refeição. —— Essa é uma posição deliciosa: seria bem difícil, creio eu, encontrar outra que reunisse tantas vantagens e que fosse tão cômoda na hora das paradas inevitáveis numa longa viagem.

 *Rosine*, minha fiel cadela, nunca deixa de vir puxar a barra do meu traje de viagem para que eu a ponha no colo; uma vez ali, ela encontra uma cama toda arrumada e muito cômoda no ângulo formado pelas duas partes do meu corpo: um V representa perfeitamente minha situação. *Rosine* pula para cima de mim, caso eu não a pegue no instante em que ela assim deseja. Muitas vezes dou por ela ali sem saber como chegou lá. Minhas mãos se acomodam por si mesmas da maneira mais propícia a seu bem-estar, seja por que exista uma simpatia entre essa amável criatura e meu próprio animal, seja por que o acaso quis assim —— mas não acredito absolutamente no acaso, —— esse triste princípio, essa palavra que não significa nada. —— Acreditaria antes no magnetismo —— acreditaria antes no <u>martinismo</u>. Não, jamais acreditarei em nada disso.

---

O martinismo foi uma corrente mística, de inspiração judaica, cristã e maçônica, que se difundiu na Europa do século XVIII. [N.E.]

A relação entre esses dois animais é tão real que basta eu apoiar os dois pés sobre a lareira —— por pura distração, quando a hora da refeição ainda vai longe e eu nem sequer penso em fazer uma *parada* —— para que, diante desse movimento, *Rosine* traia o prazer que sente com um leve balançar do rabo; a discrição a retém onde está, e meu animal, que percebe tudo, lhe é grato: por mais que ambos sejam incapazes de refletir sobre a causa que produz tudo isso, tem lugar entre os dois um diálogo mudo, um intercâmbio de sensações muito agradável e que não teria absolutamente como ser atribuído ao acaso.

# 17

Segundo uma tradição antiga, Empédocles teria morrido ao se atirar na cratera do monte Etna, na Sicília. [N.E.]

Que não me critiquem por ser prolixo nos detalhes: é o costume entre viajantes. Quando se parte para escalar o monte Branco, quando se vai visitar a larga abertura da tumba de *Empédocles*, não se deixa jamais de descrever as mínimas circunstâncias: o número de pessoas, de burros, a natureza das provisões, o excelente apetite dos viajantes, tudo, enfim; até os tropeços da montaria são cuidadosamente registrados no diário para instrução do universo sedentário. Seguindo esse princípio, decidi falar sobre minha querida *Rosine*, adorável animal que amo com verdadeira afeição, e lhe consagrar um capítulo inteiro.

Nestes seis anos que vivemos juntos, não houve a menor zanga entre nós; ou, se houve pequenas altercações entre ela e mim, confesso de boa-fé que a maior parcela de culpa sempre foi minha, e que foi sempre *Rosine* a dar os primeiros passos rumo à reconciliação.

À noite, quando repreendida, retira-se tristemente e sem murmurar; no dia seguinte, à alvorada, está ao lado da minha cama, numa atitude respeitosa; e, ao mínimo movimento de seu mestre, ao menor sinal de despertar, anuncia sua presença pelo bater precipitado da cauda sobre minha mesa de cabeceira.

Por que negaria minha afeição a essa criatura carinhosa, que nunca cessou de me amar desde a época em que passamos a viver juntos? Minha memória não bastaria para enumerar as pessoas que por mim se interessaram e que de mim se esqueceram. Tive alguns amigos, várias amantes, uma coleção de relações, ainda mais conhecidos; — e, agora, não sou mais nada para toda essa gente, que se esqueceu até mesmo do meu nome.

Quantas queixas, quantas ofertas de favores! Eu podia contar com sua fortuna, com sua amizade eterna e sem reservas!

Minha cara *Rosine*, que nunca se ofereceu para nada, me faz o maior favor que se poderia fazer à humanidade: ela me amava antes e ainda hoje me ama. Também não cansarei nunca de dizer: eu a amo com uma porção do mesmo sentimento que ofereço aos meus amigos.

E que digam o que bem quiserem.

# 18

Deixamos *Joannetti* em atitude de pasmo, imóvel diante de mim, aguardando o fim da sublime explicação que eu havia começado.

Quando me viu, de súbito, enterrar a cabeça no roupão e terminar assim minha explicação, não duvidou por um instante de que eu fora breve por falta de bons argumentos e de que, por conseguinte, eu jazia por terra, derrotado pela difícil questão que ele me havia proposto.

Apesar da superioridade que assim ganhava sobre mim, *Joannetti* não teve o mínimo sentimento de orgulho e não procurou, de modo algum, aproveitar-se da vantagem. —— Depois de um curto momento de silêncio, pegou o retrato, devolveu-o a seu lugar e se retirou suavemente, na ponta dos pés. —— Ele bem sentia que sua presença era uma espécie de humilhação para mim, e sua delicadeza lhe sugeriu que devia se retirar sem que eu me desse conta.

—— Sua conduta, nessa ocasião, me interessou vivamente, e lhe conferiu ainda mais evidência no meu coração. Ele terá, sem dúvida, um lugar no do leitor; e, se for suficientemente insensível para recusá-lo a *Joannetti* depois de ler o próximo capítulo, então certamente os céus não terão dado ao leitor mais que um coração de mármore.

## 19

"Santo Deus!", eu lhe disse um dia, "é a terceira vez que mando comprar uma escova. Que cabeça! Que besta!" —— Ele não disse palavra. Não respondera absolutamente nada na véspera, diante de similar afronta. *"Ele costuma ser tão atento!"*, eu me dizia, e não entendia nada. "Vá buscar um trapo para limpar meus sapatos", disse, irado. Enquanto ele ia, eu me arrependia de tê-lo maltratado. —— Minha ira passou completamente quando vi o cuidado com que tratava de tirar a poeira dos meus sapatos, sem tocar minhas meias: eu apoiava minha mão sobre ele num sinal de reconciliação. "Mas como?", dizia comigo mesmo, "há então homens que retiram a bosta do sapato alheio por dinheiro?" A palavra *dinheiro* foi um feixe de luz que veio me iluminar. Dei-me conta, de repente, de que fazia muito tempo que não pagava meu serviçal. *"Joannetti"*, perguntei, retirando o pé, "tem algum dinheiro?" A essa pergunta, um meio sorriso de justificativa surgiu em seus lábios. "Não, senhor, há oito dias que não tenho um centavo; gastei tudo que tinha em pequenas compras para o senhor." "E a escova? É, sem dúvida, por isso...?" Ele continuou sorrindo. —— Poderia ter dito a seu mestre: "Não, não sou um cabeça de vento, uma *besta*, como o senhor teve a crueldade de dizer a seu fiel servidor. Pague-me as 23 libras, 50 francos e 4 dinheiros que me deve e eu comprarei a tal escova." —— Deixou-se maltratar injustamente para não expor seu mestre, ruborizando-se diante da minha ira.

Que o céu o abençoe! Filósofos! Cristãos! Leram bem?

"Escute, *Joannetti*", eu lhe disse, "olhe, vá comprar a escova." "Mas, meu senhor, vai ficar assim, com um sapato branco e outro preto?" "Vá, compre a escova, deixe, deixe essa poeira sobre meu sapato." —— Ele saiu. Peguei o trapo e limpei com deleite meu sapato esquerdo, sobre o qual deixei cair uma lágrima de arrependimento.

# 20

As paredes do meu quarto são cobertas de gravuras e quadros que o embelezam de modo singular. Quisera eu, de todo meu coração, apresentá-los ao exame do leitor, um a um, para diverti-lo e distraí-lo ao longo do caminho que ainda temos para percorrer antes de chegar à minha escrivaninha; mas é tão impossível explicar claramente um quadro quanto pintar um retrato a partir de uma descrição apenas.

Que emoção o leitor não experimentaria, por exemplo, ao contemplar a primeira gravura que se apresenta ao olhar! —— Veria ali a infeliz *Charlotte*, lustrando lentamente, com as mãos trêmulas, as pistolas de *Albert*. —— Sombrios pressentimentos e todas as angústias do amor sem esperança e sem consolo estão estampados em sua fisionomia, enquanto o frio *Albert*, cercado de resmas de processos e papéis velhos de toda espécie, volta-se friamente para desejar boa viagem a seu amigo. Quantas vezes não me vi tentado a quebrar o vidro que protege a gravura, para arrancar esse *Albert* de sua mesa, para fazê-lo em pedaços, para pisoteá-lo! Mas restarão sempre muitos *Alberts* neste mundo. Que homem sensível não conhece o seu, com o qual é obrigado a viver, e contra o qual as efusões da alma, as doces emoções do coração e os ímpetos da imaginação vão rebentar como ondas contra os rochedos? —— Feliz daquele que encontra um amigo de coração e espírito afins; um amigo que se une a ele por uma conformidade de gostos, de sentimentos e de conhecimentos —— que não seja atormentado pela ambição ou pelo interesse, que prefira a sombra de uma árvore à pompa de uma corte! —— Feliz daquele que tem um amigo!

---

Charlotte e Albert são personagens do *Werther* (1774) de Goethe. [N.E.]

## 21

Eu tinha um: a morte o tirou de mim; ela o levou no início da carreira, no momento em que sua amizade se tornara uma necessidade premente para meu coração. —— Nós nos apoiávamos mutuamente nos trabalhos penosos da guerra; não tínhamos senão um cachimbo para os dois; bebíamos do mesmo copo; dormíamos sob a mesma tenda; e nas circunstâncias infelizes em que nos encontrávamos, o lugar em que vivíamos juntos era, para ambos, uma nova pátria. Eu o vi exposto a todos os perigos da guerra, e de uma guerra desastrosa. A morte parecia nos poupar, um para o outro: ela esgotou mil vezes seus golpes ao redor dele, sem atingi-lo; mas tudo para tornar ainda mais sensível a sua perda. O tumulto das armas, o entusiasmo que toma conta da alma diante do perigo teriam, talvez, impedido que seus gritos chegassem ao meu coração.

Se sua morte tivesse sido útil a seu país e funesta para seus inimigos, —— eu a teria lamentado menos. —— Mas perdê-lo em meio às delícias de um quartel de inverno; vê-lo expirar nos meus braços no momento em que parecia transbordar de saúde; no momento em que nossa ligação se fortalecia ainda mais, em meio ao repouso e à tranquilidade! —— Ah, jamais terei consolo! Sua memória, porém, não vive senão no meu coração; não subsiste mais entre aqueles que o rodeavam e que o substituíram: essa ideia torna ainda mais doloroso o sentimento de sua perda. A natureza, indiferente por igual à sorte dos indivíduos, torna a vestir o manto brilhante da primavera e se adorna de toda sua beleza ao redor do cemitério em que ele repousa. As árvores cobrem-se de verde e entrelaçam seus galhos; os pássaros cantam sob a folhagem; as moscas zumbem entre as flores; tudo respira alegria e vida na morada da morte. —— E, à noite, enquanto a Lua brilha no céu e eu medito junto a esse triste lugar, escuto o grilo persistir alegremente em seu canto incansável, oculto sob a relva que cobre a tomba silente do meu amigo. A destruição insensível dos seres e todas as desgraças da humanidade não contam nada na grande soma. ——
A morte de um homem sensível, que expira em meio a seus amigos desolados, e a de uma borboleta, que o ar frio da manhã faz perecer no cálice de uma flor, são duas datas

similares no curso da natureza. O homem não passa de um fantasma, uma sombra, um vapor que se dissipa no ar...

Mas a alvorada começa a clarear o céu matinal; as ideias sombrias que me agitavam se esvaem com a noite, e a esperança renasce no meu coração. —— Não, aquele que assim inunda o Oriente de luz não a fez brilhar diante dos meus olhos para logo me fazer mergulhar na noite do nada. Aquele que estendeu este horizonte incomensurável, aquele que ergueu estas massas enormes, de cumes gélidos que o sol doura, é também aquele que ordenou ao meu coração que batesse e ao meu espírito que pensasse.

Não, meu amigo não penetrou de forma nenhuma no nada; seja qual for a barreira que nos separa, tornarei a vê-lo. —— Não é, de forma alguma, sobre um silogismo que fundo minha esperança. —— O voo de um inseto que atravessa os ares basta para me persuadir: e, muitas vezes, o aspecto dos campos, o perfume dos ares e não sei que encanto difuso ao meu redor elevam a tal ponto meus pensamentos, que uma prova invencível da imortalidade penetra com violência na minha alma e dela se apossa por inteiro.

# 22

Fazia já tempo que o capítulo que acabo de escrever se apresentava à minha pluma, e eu sempre o rejeitava. Eu me prometera não deixar ver, neste livro, senão a face risonha da minha alma; mas esse plano me escapou entre os dedos, como tantos outros: espero que o leitor sensível me perdoe por lhe ter solicitado algumas lágrimas; e se alguém pensar que, em verdade, eu teria podido cortar esse capítulo, pois então arranque-o logo de seu exemplar ou mesmo jogue o livro ao fogo.

Basta-me que tu o encontres a teu gosto, minha cara *Jenny*; —— tu, a melhor e a mais amada das mulheres; —— tu, a melhor e a mais amada das irmãs; é a ti que dedico minha obra; se ela tiver tua aprovação, terá também a de todos os corações sensíveis e delicados; e se tu perdoas os desatinos que às vezes me escapam a contragosto, estou pronto para enfrentar todos os censores do universo.

---

Jeanne-Baptiste de Maistre (1762-1824), uma das irmãs do autor. [N.E.]

# 23

Senhor e mesmo tirano de Pisa, o conde Ugolino della Gherardesca (*circa* 1220-1289) terminou seus dias encarcerado com dois de seus filhos numa torre: depois de vê-los morrer de inanição, o conde, enlouquecido pela fome, teria praticado o canibalismo, como sugere Dante no canto XXXIII do *Inferno*. [N.E.]

Louis d'Assas (1733-1760), fidalgo e herói militar francês: num episódio da Guerra dos Sete Anos (1756-1763), o *chevalier* d'Assas teria sacrificado a vida para alertar seu regimento do avanço sorrateiro das forças inimigas durante a noite. [N.E.]

Direi apenas uma palavra sobre a gravura seguinte.

É a família do infeliz *Ugolino* expirando de fome: a seu redor, um dos filhos está estirado, inerte, a seus pés; os outros estendem os braços débeis e pedem pão; e o pai infeliz —— apoiado contra uma coluna da prisão, o olhar fixo e desorbitado, o rosto imóvel, naquela horrível tranquilidade que vem com o último estágio do desespero —— morre a um só tempo sua própria morte e a de todos os seus filhos, e sofre tudo quanto a natureza humana pode sofrer.

Bravo cavaleiro de *Assas*, eis-te expirando sob cem baionetas, por obra de um arroubo de coragem, por obra de um heroísmo que não se conhece mais nos nossos dias!

E tu, que choras sob essas palmeiras, negra infeliz! Tu, que um bárbaro, certamente não um inglês, traiu e abandonou —— mas o que estou dizendo? Tu, que um bárbaro teve a crueldade de vender como vil escrava, apesar de teu amor e teus serviços, apesar do fruto da ternura que carregas junto ao seio, —— não posso passar diante de tua imagem sem render a homenagem devida a tua sensibilidade e a tuas desgraças!

Detenhamo-nos um instante diante deste outro quadro: é uma jovem pastora que guarda sozinha seu rebanho nas alturas dos Alpes: está sentada sobre um velho tronco de pinheiro derrubado e desbotado pelos invernos; seus pés estão cobertos pelas largas folhas de um tufo de cacália, cuja flor lilás se eleva acima de sua cabeça. A lavanda, o tomilho, a anêmona, a centáurea —— flores de toda espécie, que cultivamos com esforço em nossas estufas e nossos jardins e que nascem nos Alpes em toda sua beleza primitiva, formam aqui o tapete brilhante sobre o qual erram suas ovelhas. —— Amável pastora, diz-me, onde se encontra o feliz canto de terra que habitas? De qual granja longínqua partiste esta manhã, antes da aurora? —— Não poderia eu viver contigo? —— Mas, ai de mim! A doce tranquilidade de que gozas não tardará a se dissipar: o demônio da guerra, não satisfeito com arrasar as cidades, não tardará a levar a desordem e o terror a teu retiro solitário. Os soldados já avançam; vejo-os galgar montanha após montanha e se aproximar das nuvens. —— O estrondo do canhão se faz ouvir na morada elevada do trovão. —— Foge, pastora, apressa teu rebanho, esconde-te nos antros mais remotos e mais selvagens: não há mais repouso nesta triste terra!

# 24

Não sei como isso acontece comigo; faz já algum tempo que meus capítulos terminam sempre num tom sinistro. É em vão que, ao começá-los, fixo meu olhar sobre algum objeto agradável —— é em vão que embarco durante a calmaria, pois logo me vejo sob uma borrasca que me põe à deriva. —— Para pôr fim a essa agitação, que me rouba o domínio sobre minhas ideias, e para apaziguar os batimentos do meu coração, que tantas imagens comovedoras agitaram além da conta, não vejo outro remédio senão uma dissertação.

Sim, quero aplicar um bloco de gelo sobre meu coração.

E essa dissertação versará sobre a pintura, pois não haveria meio de dissertar sobre um outro objeto qualquer. Não posso, com efeito, descer do ponto a que me elevei há pouco; de resto, é a mesma *mania* do meu tio *Toby*.

Gostaria de dizer, de passagem, algumas palavras sobre a questão da superioridade da encantadora arte da pintura em comparação com a música: sim, quero acrescentar algo à balança, nem que seja um grão de areia, um átomo.

Diremos em favor do pintor que ele deixa alguma coisa: seus quadros sobrevivem a ele e eternizam sua memória.

Alguém há de responder que, em música, os compositores deixam também óperas e concertos; —— mas a música está sujeita à moda, e a pintura, não. —— As peças de música que comoviam nossos avós parecem ridículas aos melômanos de hoje, e são tocadas nos teatros de ópera bufa, para divertir os sobrinhos daqueles que outrora choravam com elas.

Os quadros de *Rafael* encantarão nossa posteridade tanto quanto deleitavam nossos antepassados.

Eis meu grão de areia.

---

O narrador alude ao tio Toby, personagem simpaticamente maniático do *Tristram Shandy* de Laurence Sterne, publicado entre 1759 e 1767. [N.E.]

# 25

"Mas que me importa", disse-me um dia a senhora de *Hautcastel*, "se a música de *Cherubini* ou de *Cimarosa* difere do que veio antes? Que me importa se a música antiga me faz rir, quando a nova me comove deliciosamente? Será necessário, para minha felicidade, que meus prazeres se assemelhem aos da minha trisavó? Que é isso que o senhor me diz a respeito da pintura, uma arte apreciada por uma classe tão pouco numerosa de pessoas, ao passo que a música encanta todos os seres que respiram?"

Não sei ao certo, agora, o que se poderia responder a tal observação, pela qual não esperava ao começar este capítulo.

Se a tivesse previsto, talvez não tivesse empreendido a dissertação. E que não tomem isso, de modo algum, por um truque de músico. —— Palavra de honra que não o sou; —— não, não sou músico; o céu e quem quer que tenha me ouvido tocar violino são testemunhas.

Mas, supondo-se que o mérito seja igual numa e na outra arte, não devemos nos apressar a passar do mérito da arte ao mérito do artista. —— Vemos crianças que tocam cravo como grandes mestres; nunca se viu um bom pintor de doze anos. A pintura, além do gosto e do sentimento, exige uma cabeça pensante, da qual os músicos podem se privar. Todo dia veem-se homens sem cabeça nem coração a extrair sons extasiantes de um violino ou de uma harpa.

Pode-se ensinar o animal humano a tocar cravo; e se ele tiver sido adestrado por um bom mestre, a alma pode viajar a seu bel-prazer enquanto os dedos vão maquinalmente produzir sons sem nenhuma intromissão da parte dela. —— Não se poderia, ao contrário, pintar a coisa mais reles do mundo sem que a alma pusesse nisso todas as suas faculdades.

Se, porém, alguém tratasse de distinguir, em matéria de música, a composição e a interpretação, confesso que me veria em alguma dificuldade. Ah, se todos os fazedores de dissertações agissem de boa-fé, assim terminariam todas elas. —— Ao começar o exame de uma questão, assumimos o mais das vezes um tom dogmático, porque já nos tínhamos decidido em segredo, como eu de fato já me decidira pela pintura, a despeito da minha hipócrita imparcialidade; mas a discussão desperta a objeção —— e tudo termina em dúvida.

# 26

Agora que estou mais tranquilo, vou tratar de falar sem emoção dos dois retratos que vêm depois do quadro da *Pastora dos Alpes*.

*Rafael*! Teu retrato não poderia ter sido pintado senão por ti mesmo. Quem mais teria ousado empreendê-lo? — Tua feição aberta, sensível, espiritual anuncia teu caráter e teu gênio.

Para agradar a tua sombra, pendurei a teu lado o retrato de tua amante, a quem todos os homens de todos os séculos pedirão conta, eternamente, das obras sublimes de que tua morte prematura privou as artes.

Quando examino o retrato de *Rafael*, sinto-me penetrado por um respeito quase religioso diante desse grande homem que, na flor da idade, ultrapassara toda a antiguidade, e cujos quadros suscitam a admiração e o desespero dos artistas modernos. — Minha alma, admirando-o, experimenta um ímpeto de indignação contra essa italiana que preferiu seu amor a seu amante e que extinguiu no seio de *Rafael* essa chama celeste, esse gênio divino.

Infeliz! Então não sabias que *Rafael* anunciara um quadro superior à *Transfiguração*? — Ignoravas que tinhas em teus braços o favorito da natureza, o pai do entusiasmo, um gênio sublime, um deus?

Enquanto minha alma faz essas observações, seu companheiro animal, fixando os olhos atentos nas feições esplêndidas dessa funesta beldade, sente-se mais que pronta a lhe perdoar a morte de *Rafael*.

É em vão que minha alma repreende essa extravagante fraqueza, ninguém lhe dá ouvidos. — Nesse tipo de ocasião, acaba por se estabelecer entre ambas as criaturas um diálogo singular, que termina quase sempre em favor do *mau princípio*, do qual reservo uma amostra para um outro capítulo.

E se minha alma, por exemplo, não interrompesse nesse instante a sessão, se ela deixasse o *outro* à vontade para contemplar as formas curvas e cheias de graça da bela romana, então a inteligência perderia miseravelmente sua supremacia.

E se, nessa situação crítica, eu obtivesse de repente o privilégio concedido ao feliz *Pigmalião* — sem contudo possuir a menor centelha do gênio, desse gênio que nos faz perdoar a *Rafael* por suas extravagâncias —, então sim, talvez então eu fosse capaz de morrer a mesma morte que ele.

---

Na mitologia grega, Pigmalião é um escultor cipriota e celibatário que se apaixona por uma de suas obras, uma figura feminina em marfim; Afrodite concede vida à estátua, com quem Pigmalião afinal se casa. [N.T.]

# 27

As gravuras e pinturas sobre as quais acabo de falar empalidecem e desaparecem ao primeiro olhar que lançamos sobre o quadro seguinte: as obras imortais de *Rafael*, de *Correggio* e de toda a escola italiana não não suportariam o paralelo. Assim, guardo-o sempre para a última parte, como peça de reserva, quando ofereço a alguns curiosos o prazer de viajar comigo; e posso assegurar que, depois de exibir esse quadro sublime aos conhecedores e aos ignorantes, aos mundanos, aos artesãos, às mulheres e às crianças, mesmo aos animais, sempre vi os espectadores —— fossem quem fossem, cada um a sua maneira —— darem sinais de prazer e surpresa, a tal ponto a natureza foi admiravelmente figurada no quadro!

E que quadro poderia eu lhes apresentar, senhores, que espetáculo poderia eu pôr diante de seus olhos, senhoras, mais apto a colher o sufrágio de todos, senão a fiel representação de umas e outros? O quadro de que falo é um espelho, e até agora ninguém se prestou a criticá-lo; ele é, para todos que o contemplam, um quadro perfeito, sobre o qual não há nada mais a dizer.

Convenhamos que, sem sombra de dúvida, ele merece ser contado entre as maravilhas da região pela qual vou passeando.

Não direi nada sobre o prazer que experimenta o físico ao meditar sobre os estranhos fenômenos de luz que representam todos os objetos da natureza sobre essa superfície polida. —— O espelho proporciona ao viajante sedentário mil reflexões interessantes, mil observações que fazem dele um objeto útil e precioso.

Senhoras e senhores a quem o Amor dominou ou ainda domina, aprendam que é diante de um espelho que ele aguça suas feições e medita suas crueldades; é ali que ele ensaia suas manobras, estuda seus movimentos, prepara por antecipação a guerra que quer declarar; é ali que ele exercita os olhares ternos, os pequenos trejeitos, as teimas estudadas, como um ator ensaia diante de si mesmo antes de se apresentar ao público. Sempre imparcial e verdadeiro, um espelho devolve aos olhos do espectador as rosas da juventude e as rugas da idade, sem caluniar nem adular ninguém. —— Entre todos os conselheiros dos grandes homens, é o único a sempre lhes dizer a verdade.

Essa vantagem me fez desejar que se inventasse um espelho moral, em que todos os homens pudessem se ver com seus vícios e suas virtudes. Cogitei mesmo propor a alguma academia que instituísse um prêmio por tal descoberta, quando reflexões mais maduras me provaram sua inutilidade.

Ai de mim! É tão raro que a feiura se reconheça e quebre o espelho! É em vão que os espelhos se multiplicam ao nosso redor e refletem com precisão geométrica a luz e a verdade; no momento em que os raios estão para penetrar nossos olhos e nos pintar assim como somos, o amor-próprio desliza seu prisma enganador entre nós e nossa imagem, e nos apresenta uma divindade.

E jamais, dentre todos os prismas que já houve, desde o primeiro, que saiu das mãos do imortal *Newton*, houve um que fosse dotado de força de refração tão poderosa ou produzisse cores tão agradáveis e tão vivas quanto o prisma do amor-próprio.

Ora, se os espelhos comuns anunciam a verdade em vão e são incapazes de exibir aos homens suas imperfeições físicas, se cada um de nós está feliz com as próprias feições, de que serviria meu espelho moral? Poucas pessoas poriam os olhos nele, e ninguém se reconheceria, exceto os filósofos —— se bem que, mesmo nesse caso, eu tenho lá minhas dúvidas.

Sendo o espelho o que é, espero que ninguém me reprove por tê-lo posto acima de todos os quadros da escola italiana. É sobre esse quadro que as senhoras, cujo gosto não falha e cuja decisão deve ter a última palavra, costumam lançar seu primeiro olhar quando entram num aposento qualquer.

Mil vezes vi senhoras, e mesmo rapazes, esquecerem, no meio de um baile, os admiradores, a dança e todos os prazeres da festa para contemplar, com uma satisfação pronunciada, esse quadro encantador —— e mesmo honrá--lo com um olhar, uma e outra vez, no meio da contradança mais animada.

Quem poderia, pois, disputar-lhe o lugar que lhe concedo entre as obras-primas da arte de *Apeles*?

---

Apeles de Cós (século IV a.C.), pintor grego, tradicionalmente considerado como o maior da Antiguidade clássica. [N.E.]

# 28

Eu tinha enfim chegado bem perto da minha escrivaninha; podia já, esticando o braço, tocar o ângulo mais próximo, quando me vi a ponto de pôr a perder o fruto de todos meus trabalhos e da minha própria vida. —— Seria melhor me calar sobre o acidente que se produziu comigo, a fim de não desanimar os viajantes; mas é tão difícil virar uma cadeira de viagem como esta de que me sirvo, que seremos obrigados a concordar que só mesmo um infeliz de última ordem —— um infeliz como eu —— haverá de correr tal risco. Dei por mim estendido no chão, completamente virado e revirado, e tudo tão de repente, tão inesperadamente, que eu bem teria tentado pôr em dúvida meu infortúnio, se um tilintar na cabeça e uma dor violenta no ombro esquerdo não me tivessem provado com toda a evidência a autenticidade da queda.

Foi mais um mau passo da minha outra *metade*. —— Assustada pela voz de um pobre coitado que, de repente, veio pedir esmola à porta, bem como pelos latidos de *Rosine*, o animal girou bruscamente minha poltrona, antes que minha alma tivesse tempo de adverti-lo que lhe faltava um apoio atrás; o empurrão foi tão violento que minha cadeira de viagem foi completamente privada de seu centro de gravidade e caiu por cima de mim.

Eis, confesso, uma das ocasiões em que mais tive motivo para me queixar da minha alma; pois, em vez de se irritar com sua recente ausência e de repreender a outra metade por sua precipitação, ela se esqueceu de tudo, a ponto de partilhar o ressentimento mais animal e destratar o pobre inocente. "Vá trabalhar, vagabundo", disse-lhe (apóstrofe execrável, inventada pela riqueza avara e cruel!). "Senhor", disse ele, para tentar me amansar, "sou de Chambéry..." "Problema seu." "Eu me chamo *Jacques*, o senhor me viu nos campos, era eu que levava as ovelhas ao pasto..." "O que quer aqui?" Minha alma começava a se arrepender da brutalidade das minhas primeiras palavras; —— creio mesmo que se arrependeu um instante antes de deixá-las escapar. É assim que, quando encontramos de repente uma vala ou um brejo no meio do caminho, nós o vemos, mas já não temos como evitá-lo.

*Rosine* terminou de me chamar de volta ao bom senso e ao arrependimento: reconhecera *Jacques*, que tantas vezes tinha partilhado seu pão com ela, e agora fazia festa para ele, dando mostras de lembrança e gratidão.

Enquanto isso, *Joannetti*, tendo recolhido os restos do meu jantar, que estavam destinados ao seu próprio, deu-os sem hesitar a *Jacques*.

Pobre *Joannetti*!

É assim que, na minha viagem, vou tomando lições de filosofia e de humanidade com meu doméstico e com meu cão.

## 29

Antes de avançar, quero dissipar uma dúvida que poderia se introduzir no espírito dos meus leitores.

Não gostaria, por nada neste mundo, que suspeitassem que comecei esta viagem apenas por não saber o que fazer, e ademais forçado, em certo sentido, pelas circunstâncias: quero assegurar aqui, e juro por tudo que me é mais querido, que já nutria o desejo de empreendê-la muito tempo antes do evento que me fez perder minha liberdade durante quarenta e dois dias. Esse retiro forçado não foi mais que uma ocasião para pegar a estrada mais cedo.

Sei que o protesto gratuito que faço aqui parecerá suspeito a certas pessoas; —— mas sei também que pessoas desconfiadas não lerão este livro; —— já têm muito que fazer em casa e na casa de amigos; têm muitos afazeres —— e a gente de bem há de acreditar em mim.

Admito, porém, que teria preferido me ocupar dessa viagem em outro momento e que teria escolhido, para fazê-la, a Quaresma, e não o Carnaval; todavia, certas reflexões filosóficas que me caíram do céu muito me ajudaram a suportar a privação dos prazeres que Turim oferece de sobra nesses momentos de barulho e agitação.

—— É quase certo, eu me dizia, que as paredes do meu quarto não sejam assim tão magnificamente decoradas quanto as de um salão de baile; o silêncio da minha *cabine* não vale o agradável som da música e da dança; mas, dentre os brilhantes personagens que se encontram nessas festas, há com certeza quem se aborreça mais que eu.

E por que me dedicar a pensar naqueles que se encontram em situação mais agradável que a minha, quando o mundo formiga de gente mais infeliz que eu? —— Em vez de me transportar em imaginação a esse soberbo *cassino* em que tantas beldades são eclipsadas pela jovem *Eugénie*, basta que eu me detenha por um instante nas ruas que levam até ali para logo recobrar minha própria ventura. —— Um amontoado de infelizes, seminus, deitados sob os pórticos desses apartamentos suntuosos, parecem a ponto de expirar de frio e de miséria.

Que espetáculo! Gostaria que esta página do meu livro fosse conhecida de todo o universo; gostaria que soubessem que, nesta cidade onde tudo respira a opulência, uma multidão de infelizes dorme a descoberto durante as noites mais frias de inverno, a cabeça apoiada num marco de pedra ou no umbral de um palácio.

Aqui, um grupo de crianças que se apinham umas contra as outras para não morrer de frio; —— ali, uma mulher trêmula, já sem voz para se lamentar. —— Os passantes vão e vêm, sem se comoverem diante de um espetáculo ao qual se acostumaram. —— O barulho das carroças, a voz da intemperança, os sons deliciosos da música misturam-se por vezes aos gritos desses infelizes, e formam uma horrível dissonância.

## 30

Aquele que se apressasse a julgar uma cidade a partir do capítulo precedente se enganaria redondamente. Falei dos pobres que ali se encontram, de seus gritos dignos de compaixão e da indiferença de certas pessoas a sua condição; mas não disse nada a respeito da multidão de homens caridosos que dormem enquanto os outros se divertem, que se levantam ao raiar do dia e vão socorrer o infortúnio, sem testemunha e sem ostentação. —— Não, não farei silêncio diante disso: quero escrevê-lo no verso daquela mesma página que deve ser lida por *todo o universo*.

Depois de partilhar assim sua fortuna com seus irmãos, depois de verter um bálsamo nesses corações machucados pela dor, eles vão às igrejas, enquanto o vício cansado dorme na cama macia, para oferecer a Deus suas preces e agradecer Suas dádivas; no interior do templo, a luz da lâmpada solitária combate ainda a luz do dia nascente, e lá estão eles, já prosternados ao pé dos altares —— e o Eterno, irritado diante da dureza e da avareza dos homens, retém o raio pronto a se abater.

# 31

Quis dizer alguma coisa sobre esses infelizes neste relato da minha viagem porque muitas vezes a ideia de sua miséria veio me distrair no meio do caminho. Volta e meia, comovido pela diferença entre sua situação e a minha, freava de chofre minha carruagem, e então meu quarto me parecia prodigiosamente mais belo. Quanto luxo inútil! Seis cadeiras, duas mesas, uma escrivaninha, um espelho! Quanta ostentação! Minha cama, sobretudo, minha cama cor-de-rosa e branca, e meus dois colchões pareciam desafiar o fausto e a indolência dos monarcas da Ásia.

—— Essas reflexões me tornavam indiferente aos prazeres que me haviam vetado, e, de reflexão em reflexão, meu rompante de filosofia tornou-se tal que eu teria visto um baile no quarto vizinho, teria ouvido o som de violinos e clarinetas sem me abalar de onde estava; —— teria ouvido com meus próprios ouvidos a voz melodiosa de *Marchesini*, essa voz que me deixou tantas vezes fora de mim —— sim, eu o teria ouvido sem me abalar ——; —— mais ainda, teria contemplado sem a menor emoção a mais bela mulher de Turim, a mesma *Eugénie*, preparada da cabeça aos pés pelas mãos da senhorita *Rapous*. —— Se bem que nesse caso eu não tenha tanta certeza.

# 32

Em Reis II, a idólatra Atália mata os próprios netos a fim de usurpar o trono de Judá; mas a "fonte" do narrador da *Viagem* é certamente *Athalie* (1691), última peça de Jean Racine. [N.E.]

Mas, permitam-me que lhes pergunte, os senhores se divertem tanto quanto outrora no baile e no teatro? —— Da minha parte, confesso que faz algum tempo que as assembleias numerosas me inspiram certo terror. —— Sou assaltado por um pensamento sinistro. —— Esforço-me em vão para afugentá-lo, ele volta sempre, como o de *Athalie*. —— Talvez porque a alma, inundada hoje de ideias sombrias e de quadros dilacerantes, encontre em toda parte razões para a tristeza —— assim como um estômago viciado converte em veneno os alimentos mais sadios.

—— Seja como for, eis aqui meu sonho: estando eu em uma dessas festas, em meio a esses homens amáveis e gentis que dançam, que cantam, que choram diante das tragédias, que não exprimem senão a alegria, a franqueza e a cordialidade, eu me pergunto o que aconteceria se, de repente, entrasse nessa assembleia tão polida um urso branco, um filósofo, um tigre ou qualquer outro animal dessa espécie e, subindo à orquestra, gritasse com uma voz furiosa: "Infelizes humanos! Escutem a verdade que lhes fala pela minha boca: vocês são oprimidos, tiranizados, são infelizes; vocês se entediam. Saiam de tal letargia! Vocês, músicos, comecem quebrando esses instrumentos contra a cabeça, que cada um se arme de um punhal; a partir de agora, não pensem mais em divertimentos, tampouco em festas; subam aos camarotes, degolem todos; e que também as mulheres mergulhem suas mãos tímidas no sangue! Saiam, vocês são *livres*; arranquem seu rei do trono e seu Deus do santuário!"

—— Pois bem, isso que o tigre disse, quantos desses homens *encantadores* estarão dispostos a executá-lo? —— Quantos, de resto, já não pensavam nisso antes que ele entrasse? Quem saberia dizê-lo? —— Ninguém dançava em Paris há cinco anos?

"*Joannetti*, feche as portas e as janelas. —— Não quero mais ver a luz; que nenhum homem entre no meu quarto; deixe meu sabre ao alcance da mão —— e saia, você também, e não apareça mais na minha frente!"

# 33

"Não, não. Fique, *Joannetti*; fique, pobre rapaz. E você também, minha *Rosine*. Você, que adivinha minhas dores e que as torna amenas com seus carinhos; venha, minha *Rosine*; venha: colo em V e pronto."

# 34

A queda da minha cadeira de viagem prestou um serviço ao leitor, encurtando minha jornada em uma boa dúzia de capítulos, pois, ao me reerguer, dei por mim diante e bem perto da minha escrivaninha, já sem tempo para refletir sobre as muitas gravuras e quadros ainda por percorrer, o que poderia alongar meus passeios pela pintura.

Deixando, pois, à direita os retratos de *Rafael* e de sua amante, o *Cavaleiro de Assas* e a *Pastora dos Alpes*, e seguindo pela esquerda rente à janela, descortina-se minha escrivaninha: é o primeiro objeto e o mais evidente a se apresentar ao olhar do viajante que segue pelo caminho que acabo de indicar.

Sobre ela, há pequenas prateleiras que fazem as vezes de estantes de livros —— e o todo é coroado por um busto que encima a pirâmide e que é o objeto que mais contribui para a beleza da região.

Abrindo-se a primeira gaveta à direita, encontram-se um tinteiro, papéis de todo tipo, penas bem apontadas, cera para selar. —— À vista disso, o mais indolente dos seres sentiria vontade de escrever. —— Tenho certeza, minha cara *Jenny*, que se abrisses essa gaveta por acaso, responderias à carta que te escrevi no ano passado. —— Na gaveta oposta, jazem, confusamente amontoados, os rascunhos da história comovente da prisioneira de Pinerolo, que vocês lerão em breve, meus caros amigos.

Entre essas duas gavetas, há um recesso em que jogo as cartas à medida que as recebo; encontram-se ali todas as que recebi nos últimos dez anos. As mais antigas estão organizadas por data, em vários maços; as novas estão ao deus-dará; ainda guardo muitas que datam dos primeiros anos da minha juventude.

Que prazer rever, nessas cartas, situações interessantes dos nossos jovens anos, e ser transportado àqueles tempos felizes que não reveremos mais!

Ah, como meu coração se enche! Como ele se deleita tristemente, quando meus olhos percorrem as linhas traçadas por um ser que não existe mais! Eis sua caligrafia, era o coração que lhe conduzia a mão, era para mim que ele dirigia esta carta, e esta carta é tudo que me resta dele!

Quando levo a mão a esse reduto, é raro que consiga me extrair dali antes que termine o dia. É assim que o viajante atravessa rapidamente algumas províncias da Itália, fazendo às pressas algumas observações superficiais, para se fixar em Roma durante meses inteiros. —— Estou explorando o veio mais rico da mina. Que transformação nas minhas ideias e nos meus sentimentos! Que transformação nos meus amigos! Quando os examino outrora, vejo-os mortalmente agitados por projetos que, agora, já não lhe dizem nada. Considerávamos certo evento como uma grande infelicidade; mas falta o final da carta, e o evento foi completamente esquecido: não tenho mais como saber de que se tratava.

—— Mil preconceitos nos assediavam; o mundo e os homens nos eram totalmente desconhecidos; mas, ao mesmo tempo, que calor em nossa correspondência! Que amizade tão íntima! Que confiança sem limites!

Éramos felizes mercê dos nossos enganos. —— E agora? —— Ah, já não é mais assim! Tivemos de ler, como os demais, no coração humano —— e a verdade, caindo entre nós como uma bomba, destruiu para sempre o palácio encantado da ilusão.

# 35

Só dependeria de mim escrever um capítulo sobre esta rosa seca que aqui está, se o assunto valesse a pena: é uma flor do Carnaval do ano passado. Eu mesmo fui colhê-la nas estufas de *Valentino*, e, à noite, uma hora antes do baile, cheio de esperança e de uma agradável emoção, fui oferecê-la à senhora de *Hautcastel* —— que a pegou e a pôs sobre a penteadeira, sem olhar para ela e sem olhar para mim. —— Mas como teria prestado atenção em mim? Estava ocupada, olhando para si mesma. De pé, em frente a um grande espelho, toda penteada, ela dava o último toque em seus trajes; estava tão preocupada, sua atenção era tão completamente absorvida pelas fitas, pelos tules e pompons de todos os tipos amontoados diante dela, que não consegui nem mesmo um olhar, um sinal. —— Resignei-me: segurava humildemente uns alfinetes, dispostos sobre a palma da mão; mas seu estojo estava mais perto, ela os pegava dali —— ou senão, quando eu estendia a mão, ela os pegava da minha mão, indiferentemente; —— e, para pegá-los, ela tateava a esmo, sem tirar os olhos do espelho, com receio de se perder de vista.

Por um momento, segurei um segundo espelho atrás dela, para que ela julgasse melhor seus trajes; e, sua fisionomia repetindo-se de um espelho ao outro, pude ver em perspectiva toda uma sequência de coquetes, nenhuma das quais prestava atenção em mim. Enfim, devo admitir? Fazíamos, minha rosa e eu, uma mui triste figura.

Acabei por perder a paciência e, não podendo mais resistir ao despeito que me devorava, pus de lado o espelho que segurava nas mãos e saí com ar colérico, sem me despedir.

"Você vai embora?", ela me perguntou, virando-se para ver seu corpo de perfil. —— Não respondi nada, mas fiquei escutando por algum tempo à porta para saber o efeito que produziria minha saída brusca. "Não vê", dizia ela à camareira, depois de um instante de silêncio, "não vê que esse *caraco* é largo demais para minha cintura, sobretudo na parte de baixo, e que é preciso ajustá-lo com alfinetes?"

Mas como e por que esta rosa seca veio parar aqui, sobre uma prateleira da escrivaninha, é algo que eu certamente não contarei, uma vez que declarei que uma rosa seca não merecia um capítulo.

Reparem, senhoras, que não faço nenhuma reflexão sobre a aventura da rosa seca. Não digo absolutamente que a senhora de *Hautcastel* fazia bem ou mal ao preferir seus adornos a mim, como não digo que eu tivesse o direito de ser recebido de outra maneira.

Tomo ainda o cuidado de não me permitir conclusões gerais sobre a verdade, o vigor e a vigência dos afetos das senhoras por seus amigos. —— Contento-me com lançar este capítulo (pois agora já é um capítulo), lançá-lo, eu dizia, ao mundo com o resto desta viagem, sem dedicá-lo a ninguém e sem recomendá-lo a ninguém.

Não acrescentarei mais que um conselho aos senhores: que tenham bem presente ao espírito que, em dia de baile, sua amante não é mais sua.

No momento em que a toalete começa, o amante não passa de um marido, e o baile torna-se o único amante.

Todo mundo sabe, de resto, o que ganha um marido quando quer ser amado a todo custo; assim sendo, suportem a dor com paciência e com um sorriso.

E não crie ilusões, meu senhor: se o veem com prazer no baile, isso não se deve absolutamente à condição de amante, pois ali o senhor é marido —— e, sim, porque o senhor faz parte do baile e é, por conseguinte, uma fração de uma nova conquista; o senhor é uma fração *decimal* de amante; ou talvez o vejam com prazer, porque o senhor dança bem e a faz brilhar; enfim, o que pode haver de mais lisonjeiro na boa acolhida que ela lhe oferece é o fato de que, ao exibir como amante um homem de mérito como o senhor, ela espera provocar inveja nas amigas; não fosse por essa consideração, ela nem sequer olharia para o senhor.

Estamos, pois, entendidos; será preciso resignar-se e esperar até que o papel de marido tenha passado. —— Conheço mais de um marido que se daria por satisfeito com tal pechincha.

# 36

Prometi um diálogo entre minha alma e o *outro*, o animal; mas há certos capítulos que me escapam, ou melhor, há outros que fluem da minha pena como contra minha vontade, e que derrotam meus projetos: é o caso do capítulo sobre minha biblioteca, que farei o mais curto possível. —— Os quarenta e dois dias vão terminar, e o mesmo espaço de tempo não bastaria para concluir a descrição do rico país por onde viajo com tanto prazer.

Uma vez que devo dizê-lo, minha biblioteca é, pois, composta de romances —— sim, de romances e de alguns poetas seletos.

Como se já não andasse farto dos meus males, partilho ainda, voluntariamente, aqueles de mil personagens imaginários e os sinto tão vivamente quanto os meus: quantas lágrimas não derramei pela infeliz *Clarissa* e pelo amante de *Charlotte*.

Contudo, se procuro assim aflições fingidas, em revanche encontro nesse mundo imaginário a virtude, a bondade, o desprendimento que ainda não encontrei reunidos no mundo real em que vivo. —— Encontro ali uma mulher segundo meu desejo, sem rompantes, sem leviandade, sem inconstância; não falo nada da beleza; confiem na minha imaginação: formo uma imagem tão bela que não cabe nenhum reparo. Em seguida, fechando o livro, que já não corresponde às minhas ideias, tomo-a pela mão e percorremos juntos uma região mil vezes mais deliciosa que o Éden. Que pintor saberia representar a paisagem encantada para onde conduzo a deusa do meu coração? E que poeta poderá um dia descrever as sensações vivas e variadas que experimento nessas regiões encantadas?

Quantas vezes não amaldiçoei esse tal de *Cleveland*, que embarca a todo instante em novas desgraças que ele poderia evitar! —— Não suporto esse livro e essa cadeia de calamidades; mas, se o abro por distração, tenho de devorá-lo até o fim.

Como deixar o pobre homem entregue aos *abaquis*? O que seria dele entre esses selvagens? Não ousaria abandoná-lo na expedição que empreende para fugir a seu cativeiro.

---

Charlotte é uma das personagens centrais do *Werther* (1774) de Goethe; Clarissa é a heroína epônima de *Clarissa* (1748), de Samuel Richardson, marco do romance sentimental e *best-seller* setecentista. [N.E.]

---

Publicado entre 1731 e 1739, *Cleveland* é um romance protagonizado por um suposto filho natural de Oliver Cromwell; seu autor, o abade Prévost (1697-1763) é mais conhecido hoje em dia por um relato mais breve, *Manon Lescaut*, de 1731. [N.E.]

Enfim, penetro tão profundamente em seus infortúnios, me interesso tanto por ele e por sua desafortunada família, que a inesperada aparição dos ferozes *ruintons* me deixa de cabelos em pé; sinto-me coberto de suor frio quando leio essa passagem, e meu horror é tão vivo, tão real como se eu mesmo estivesse a ponto de ser assado e devorado pela plebe.

Quando já chorei e amei o suficiente, procuro algum poeta e parto de novo rumo a outro mundo.

# 37

A Assembleia dos Notáveis era um corpo consultivo do *Ancien Régime* francês. [N.E.]

Os leitores brasileiros recordarão que, no capítulo CLIV de *Memórias póstumas de Brás Cubas*, Machado de Assis evoca essa mesma tradição antiga sobre um "famoso maníaco ateniense, que supunha que todos os navios entrados no Pireu eram de sua propriedade. Não passava de um pobretão, que talvez não tivesse, para dormir, a cuba de Diógenes; mas a posse imaginária dos navios valia por todas as dracmas da Hélade"; de resto, vale lembrar que a possível fonte de Machado é a própria *Viagem ao redor do meu quarto* — no prólogo à quarta edição das *Memórias*, o autor brasileiro vincula seu romance à "forma livre de um Sterne ou de um Xavier de Maistre". [N.E.]

"Sublime cego de Albion" refere-se ao poeta inglês John Milton (1608-1674), já cego quando compôs e ditou *Paraíso perdido* (1667). [N.E.]

Da expedição dos argonautas à Assembleia dos Notáveis; das profundezas dos infernos à última estrela fixa para lá da Via Láctea, aos confins do universo, às portas do caos, eis o vasto campo por onde passeio em extensão e largura, e ao meu bel-prazer; pois não me faltam nem tempo, nem espaço. É para lá que transporto minha existência, na trilha de *Homero, Milton, Virgílio, Ossian* etc.

Todos os acontecimentos que se deram entre essas duas épocas, todos os países, todos os mundos e todos os seres que existiram entre esses dois termos, tudo isso é meu, tudo isso me pertence tanto e tão legitimamente quanto as naus que entravam no *Pireu* pertenciam a certo ateniense.

Amo sobretudo os poetas que me transportam à mais alta antiguidade: a morte do ambicioso *Agamêmnon*, a fúria de *Orestes* e toda a história trágica da família dos *atridas*, perseguida pelos céus, me inspiram um terror que os eventos modernos não saberiam fazer nascer em mim.

Eis a urna fatal que contém as cinzas de *Orestes*. Quem não estremeceria diante de tal visão? *Electra*, infeliz irmã, acalma-te! É o próprio *Orestes* quem traz a urna, e essas são as cinzas de seus inimigos!

Não se encontram mais margens como as do Xanto ou do Escamandro; —— não se veem mais planícies como as da Espéria ou da Arcádia. Onde estão hoje as ilhas de Lemnos e de Creta? Onde está o famoso labirinto? Onde fica o famoso rochedo que *Ariadne*, abandonada, regava com suas lágrimas? —— Não se veem mais *Teseus*, muito menos *Hércules*; os homens e mesmo os heróis de hoje são pigmeus.

Quando quero me proporcionar, em seguida, uma cena de entusiasmo e desfrutar de todas as forças da minha imaginação, eu me aferro sem temor às dobras da túnica esvoaçante do sublime cego de Albion no instante em que ele ascende aos céus e ousa se aproximar do trono do Eterno. —— Que musa terá podido sustentá-lo a tal altura, para onde ninguém antes ousara olhar? —— Do ofuscante átrio celeste que o avaro *Mammon* fitava com olhos de inveja, passo com horror às vastas cavernas da morada de Satã —— assisto ao conselho infernal, misturo-me à multidão de espíritos rebeldes e escuto seus discursos.

57

Mas é necessário que eu confesse aqui uma fraqueza pela qual sempre me censurei.

Não pude deixar de me tomar de certo interesse por esse pobre Satã (falo do Satã de *Milton*) depois que se precipitou do céu. Por mais que deplore a obstinação do espírito rebelde, confesso que a firmeza que demonstra em meio ao máximo infortúnio e a grandeza de sua coragem me forçam à admiração, queira eu ou não.

—— Por menos que ignore as desgraças derivadas da funesta empreitada que o conduziu a forçar as portas dos infernos para vir perturbar a casa dos nossos pais originais, não tenho, por mais que tente, como desejar vê-lo perecer pelo caminho, na confusão do caos. Acredito mesmo que o ajudaria de bom grado, não fosse a vergonha que me retém. Sigo todos seus movimentos e tenho tanto prazer em viajar com ele como se estivesse em boa companhia. Em vão recordo que é um demônio, afinal de contas, às voltas com a perdição do gênero humano, que é um verdadeiro democrata, não um daqueles de Atenas, mas um desses de Paris —— nada disso consegue me curar da minha predisposição.

Que vasto projeto! E que audácia na execução!

Quando as espaçosas e triplas portas dos infernos abriram-se de súbito diante dele e a profunda fossa do nada e da noite surgiu sob seus pés em todo o seu horror, ele percorreu com um olhar intrépido o sombrio império do caos; e, sem hesitar, abrindo suas longas asas, que teriam coberto um exército inteiro, ele se precipitou no abismo.

Desafio o mais corajoso a fazer o mesmo. —— E esse é, na minha opinião, um dos mais belos feitos da imaginação e uma das mais belas viagens que jamais se fizeram —— depois da viagem ao redor do meu quarto.

# 38

Não terminaria mais, caso quisesse descrever a milésima parte dos episódios singulares em que me vejo quando viajo perto da minha biblioteca; as viagens de *Cook* e as observações de seus companheiros de viagem, os doutores *Banks* e *Solander*, não são nada em comparação com minhas aventuras nesse mero distrito: creio igualmente que passaria minha vida aqui, numa espécie de êxtase, não fosse o busto de que falei, sobre o qual meus olhos e meus pensamentos acabam sempre por se fixar, seja qual for a situação da minha alma; e, quando a sinto muito violentamente agitada ou entregue ao desânimo, basta-me olhar esse busto para devolvê-la a seu estado natural: esse busto é o *diapasão* com o qual harmonizo a mescla variável e dissonante de sensações e de percepções que formam minha existência.

Quanta semelhança! –– São bem os traços que a natureza dera ao mais virtuoso dos homens. Ah, se ao menos o escultor tivesse tornado visível sua alma excelente, seu gênio e seu caráter! –– Mas o que estou fazendo? Será este o lugar para fazer seu elogio? E a quem o dirijo, aos homens ao meu redor? Ah, desde quando se importam?

Dou-me por satisfeito com me prosternar diante de tua imagem querida, ó tu, o melhor dos pais! Ai de mim! Essa imagem é tudo o que me resta de ti e da minha pátria: deixaste a terra quando o crime se aprestava a invadi-la –– e tais são os males com que ele nos assola, que tua própria família hoje se vê obrigada a considerar tua perda como uma dádiva. Quantos males uma vida mais longa te forçaria a provar! Ó, meu pai, o destino de tua numerosa família chegou a teu conhecimento na morada dos bem-aventurados? Sabes que teus filhos foram banidos dessa mesma pátria a que serviste durante sessenta anos com tanto zelo e integridade? Sabes que lhes é proibido visitar teu túmulo? –– Mas a tirania não lhes pode tirar a parte mais preciosa de teu legado: a lembrança de tuas virtudes e a força de teus exemplos; em meio à torrente criminosa que lhes arrastava a pátria e a fortuna para o abismo, eles se mantiveram inalteradamente unidos sobre a linha que tu tinhas traçado; e, quando eles puderem se prosternar diante de tuas cinzas veneradas, elas não deixarão de reconhecê-los.

# 39

"Nossos antípodas" refere-se à Sardenha: o Reino da Sardenha, em cujo exército De Maistre servia quando escreveu a *Viagem*, compreendia tanto territórios continentais (Saboia e parte do Piemonte) como a ilha da Sardenha. [N.E.]

Prometi um diálogo, e cumpro a promessa. —— Era de manhã, ao nascer do dia: os raios do sol douravam ao mesmo tempo o cume do monte Viso e o das montanhas mais elevadas da ilha que está nos nossos antípodas; e o *outro* já estava acordado, seja porque seu despertar prematuro fosse efeito das visões noturnas que tantas vezes o deixam numa agitação tão fatigante quanto inútil, seja porque o Carnaval, que se aproximava do fim, fosse a causa oculta de seu despertar, uma vez que esse momento de prazer e desvario exerce influência sobre a máquina humana, assim como as fases da Lua e a conjunção de certos planetas. —— Enfim, o *outro* estava desperto, e bem desperto, quando minha própria alma se livrou da trama do sono.

Fazia já bom tempo ela partilhava confusamente as sensações do *outro*; mas ainda estava embaraçada nos véus da noite e do sono; e esses véus lhe pareciam transformados em tule, em linho, em musselina. —— Minha pobre alma estava como que empacotada em toda essa parafernália, e o deus do sono, para retê-la mais fortemente sob seu império, acrescentava ainda tranças de cabelos louros em desordem, nós de fitas, colares de pérolas: seria de dar pena a quem a visse debater-se entre tantas redes.

A agitação da parte mais nobre de mim mesmo se comunicava com o animal, e este, por sua vez, agia poderosamente sobre minha alma. —— Eu chegara a um estado difícil de descrever, quando enfim minha alma, por sagacidade ou por acaso, encontrou a maneira de se libertar dos tules que a sufocavam. Não sei se encontrou uma abertura ou se tratou simplesmente de erguê-los, o que é mais natural; o fato é que ela encontrou a saída do labirinto. As tranças de cabelos em desordem ainda estavam ali, mas não eram mais um *obstáculo*, eram antes um *meio*; minha alma agarrou-as, como um homem que vai se afogando agarra-se às plantas à margem do rio; mas, nisso, o colar de pérolas rompeu-se, e as pérolas, soltas do fio, rolaram pelo sofá e, do sofá, pelo piso da senhora de *Hautcastel*; pois minha alma, por uma bizarria da qual seria difícil dar conta, imaginava-se na casa dessa senhora; um grande buquê de violetas caiu no chão, e minha alma, tornando a si, voltou para casa, trazendo junto a razão e a realidade.

Como é de se imaginar, desaprovou fortemente tudo o que se passara em sua ausência; e aqui começa o diálogo que é o tema deste capítulo.

Nunca antes minha alma fora tão mal recebida. As reprimendas que ela tratou de fazer nesse momento crítico foram a gota d'água: foi uma revolta, uma insurreição formal.

"Mas o que é isso?", disse minha alma. "É assim que, na minha ausência, em vez de recobrar as forças por meio de um sono tranquilo e ficar em condição de executar minhas ordens, você decide de maneira insolente" —— o termo era um tanto forte —— "entregar-se a transportes que minha vontade não sancionou?"

Pouco afeito a esse tom de soberba, o *outro* replicou, furioso:

"Como lhe caem bem, *minha senhora*", começou ele, excluindo toda ideia de familiaridade, "como lhe caem bem esses ares de decência e de virtude! Mas não será às errâncias de sua imaginação e a suas ideias extravagantes que eu devo tudo isso que tanto lhe desagrada em mim? Por que não estava comigo? —— Por que a senhora teria o direito de se deleitar sem minha presença, nas frequentes viagens que faz sozinha? —— Desaprovei alguma vez suas temporadas no Empíreo ou nos Campos Elísios, suas conversas com os espíritos, suas especulações profundas", dizia, um tanto zombeteiro, como se nota, "seus castelos na Espanha, seus sistemas sublimes? E eu não teria o direito, quando a senhora me abandona assim, de desfrutar das dádivas que me oferece a natureza e dos prazeres que ela me depara?"

Minha alma, surpresa diante de tamanha vivacidade e eloquência, não sabia o que responder. —— Para remediar a questão, ela tratou de cobrir com o véu da benevolência as reprimendas que o *outro* acabara de se permitir; e, a fim de não dar a entender que dava os primeiros passos para uma reconciliação, houve por bem assumir os mesmos ares de cerimônia. "Meu senhor...", disse ela, por sua vez, com uma cordialidade afetada (—— se o leitor achou esse tom fora de lugar, quando o *outro* se dirigia assim à minha alma, que dirá agora, por pouco que se lembre do motivo da altercação? Minha alma não se deu conta, nem de longe, do extremo ridículo dessa maneira de falar, a tal ponto a paixão ofusca a inteligência!). "Meu senhor", disse ela, "eu lhe asseguro que nada me daria mais prazer que vê-lo desfrutar de todos os prazeres a que sua natureza é suscetível, mesmo que não os partilhe, não fossem esses prazeres nocivos, não alterassem eles a harmonia que..." —— Mas, nesse ponto, minha alma foi vivamente interrompida: "Não, não, não me deixo enganar por sua suposta generosidade! —— A estadia forçada que fazemos juntos neste quarto pelo qual viajamos; o ferimento que recebi, que quase me aniquilou e que ainda sangra —— tudo isso não é o fruto de seu orgulho extravagante, de seus preconceitos bárbaros? Meu bem-estar e minha existência de nada contam, quando suas paixões a arrastam —— e agora a senhora finge se interessar por mim e quer me fazer crer que suas críticas provêm de sua amizade por mim?".

Minha alma percebeu que não estava se saindo bem nessa ocasião; —— começava, aliás, a notar que o calor da refrega apagava sua causa e, aproveitando-se da circunstância para uma manobra de diversão, disse a *Joannetti*, que entrava no quarto: "Prepare um café!" —— Como o ruído das xícaras atraísse toda sua atenção, o *insurreto* esqueceu todo o resto. É assim que, agitando um chocalho diante das crianças, fazemos com que esqueçam os frutos podres que exigem, esperneando.

Cochilei sem me dar conta, enquanto a água esquentava —— Desfrutava desse prazer encantador com o qual entretive meus leitores e que experimentamos quando nos sentimos adormecer. O barulho agradável que *Joannetti* fazia, remexendo a cafeteira sobre a grelha, ressoava na minha cabeça e fazia vibrar todas minhas fibras sensíveis, como a vibração de uma corda de harpa faz ressoar as oitavas —— Enfim, vi uma espécie de sombra diante de mim; abri os olhos, era *Joannetti*. —— Ah, que perfume! Que agradável surpresa! Café! Creme! Uma pirâmide de torradas! —— Meu bom leitor, tome o café comigo.

## 40

Que rico tesouro de delícias a boa natureza ofereceu aos homens cujo coração sabe desfrutá-las! E que variedade nesses prazeres! Quem poderia enumerar suas inúmeras nuances nos diversos indivíduos e nas diferentes idades da vida? A lembrança confusa dos prazeres da minha infância ainda me faz estremecer. Como tentar pintar os que experimenta o rapaz cujo coração começa a arder com todos os fogos do sentimento? Nessa idade feliz, quando se ignora mesmo o nome do interesse, da ambição, do ódio e de todas as paixões vergonhosas que degradam e atormentam a humanidade —— nessa idade, infelizmente tão curta, o sol brilha com uma intensidade que não se encontra mais no resto da vida. O ar é mais puro; —— as fontes são mais límpidas e frescas; —— a natureza tem aspectos, os bosques têm veredas que não encontraremos mais na idade madura. Meu Deus! Que perfumes emanam dessas flores! Como esses frutos são deliciosos! De que cores se enfeita a aurora! —— Todas as mulheres são amáveis e fiéis; todos os homens são bons, generosos e sensíveis; encontram-se em toda parte a cordialidade, a franqueza e o desprendimento; não existem na natureza mais que flores, virtudes e prazeres.

    A comoção amorosa, a esperança de felicidade não inundam nosso coração de sensações tão vivas quanto variadas?

    O espetáculo da natureza e sua contemplação no todo e nos detalhes descortinam para a razão uma imensa perspectiva de deleites. Logo a imaginação, planando sobre esse oceano de prazeres, aumenta seu número e intensidade; as sensações diversas se unem e se combinam para formar novas; os sonhos de glória se misturam às palpitações do amor; a caridade caminha ao lado do amor-próprio, que lhe estende a mão; a melancolia vem de tempos em tempos lançar sobre nós seu véu solene e transformar nossas lágrimas em prazeres. —— Enfim, as percepções do espírito, as sensações do coração e mesmo as lembranças das sensações são, para o homem, fontes inesgotáveis de prazer e de felicidade. —— Que ninguém, pois, se surpreenda ao saber que o barulho que fazia *Joannetti*, remexendo a cafeteira sobre a grelha, e a visão inesperada de uma xícara cheia de creme foram capazes de causar em mim uma impressão tão viva e tão agradável.

# 41

Vesti imediatamente meu *traje de viagem*, depois de examiná-lo com um olhar de complacência; e foi então que decidi escrever um capítulo *ad hoc*, a fim de apresentá-lo ao leitor. Uma vez que a forma e a utilidade desses trajes são bem conhecidas, tratarei mais particularmente de sua influência sobre o espírito dos viajantes. —— Meu traje de viagem para o inverno é feito do tecido mais quente e mais macio que me foi possível encontrar; ele me cobre inteiramente, da cabeça aos pés; e, quando estou na minha poltrona, as mãos no bolso e a cabeça enfiada na gola do traje, pareço-me com as estátuas de *Vishnu*, sem pés nem mãos, que se veem nos pagodes das Índias.

Haverá quem queira tachar de opinião pronta essa suposta influência dos trajes de viagem sobre os viajantes; o que posso dizer de seguro a esse respeito é que, estando de uniforme e levando a espada ao lado, seria tão ridículo avançar um único passo na minha viagem ao redor do meu quarto quanto sair e andar pelo mundo metido num *robe de chambre*. —— Assim vestido, segundo todos os rigores da praxe militar, não somente não poderia continuar minha viagem, mas acredito mesmo que nem teria como ler o que escrevi até o momento, que dirá entendê-lo.

Mas isso surpreende o leitor? Não vemos todos os dias pessoas que pensam estar doentes, porque têm a barba longa ou porque alguém trata de encontrar neles um ar de doença e de lhes falar a respeito? As roupas têm tanta influência sobre o espírito dos homens, que há enfermos que se sentem bem melhor quando se veem em traje novo e peruca empoada; assim fazendo, enganam ao público e a si mesmos com uma aparência rija; —— uma bela manhã, morrem bem penteados, e sua morte comove a todos.

Enfim, na classe de homens entre os quais eu vivo, quantos não há que, vendo-se metidos em uniforme, julgam firmemente que são oficiais —— até o momento em que a aparição inesperada do inimigo os convence do contrário? —— E não é só: basta que o rei conceda a um deles acrescentar um bordado a seus trajes para que ele se tome por general e que todo o exército o trate por esse título, tão forte é a influência de um traje sobre a imaginação humana.

Volta e meia esqueciam de avisar, com muitos dias de antecedência, que chegara a vez do conde de *** de comandar a guarda; —— um cabo ia acordá-lo bem cedo, no exato dia em que ele devia assumir o comando, e lhe anunciava a triste notícia; mas a ideia de se levantar de chofre, calçar as polainas e sair assim, sem ter se preparado de véspera, perturbava-o a tal ponto que ele preferia dizer que estava doente e não sair de casa. Vestia o *robe de chambre* e dispensava o cabeleireiro, o que lhe dava um ar pálido, enfermiço, que preocupava a esposa e toda a família.
Ele mesmo se achava de fato *um tanto desfeito* naquele dia.

E dizia isso a todos, um pouco para sustentar a história, um pouco também porque julgava mesmo estar doente. —— Insensivelmente, a influência do roupão operava: os caldos que tomara, querendo ou não, causavam-lhe náuseas; logo os parentes e amigos pediam notícias; era o que bastava para deixá-lo decididamente de cama.

À noite, o doutor *Ranson* achava seu pulso *concentrado* e ordenava uma sangria para a manhã seguinte. Um mês de serviço à frente da guarda, e seria o fim do doente.

Quem há de duvidar da influência dos trajes de viagem sobre os viajantes, quando se pensa que o pobre conde de *** quase partiu em viagem rumo ao outro mundo por ter vestido à toa seu *robe de chambre*?

# 42

Eusebio Valli (1755-1816), médico e cientista italiano, conduziu experimentos com rãs em busca de uma cura para a raiva. [N.E.]

Louis-Antoine Caraccioli (1719-1803), literato menor e ultramontano, autor das *Cartas interessantes do Papa Clemente XIV* (1776). [N.E.]

Gianfrancesco Cigna (1734-1790), médico, cientista e expoente do Iluminismo italiano, foi cofundador da Academia de Ciências de Turim. [N.E.]

Hipócrates de Cós (circa 460 a.C.-377 a.C.), médico e filósofo, tradicionalmente tido por "pai da medicina", pouco mais velho que o filósofo Platão (428 ou 427 a.C.-348 ou 347 a.C.); Péricles (*circa* 495 a.C.--429 a.C.), protagonista da política ateniense no período posterior às guerras contra os persas e durante a Guerra do Peloponeso, tomou por companheira a refinada hetaira Aspásia (*circa* 470 a.C.-circa 400 a.C.), originária de Mileto, na Ásia Menor. [N.E.]

Estava sentado perto da lareira, depois do jantar, envolto no meu *traje de viagem* e entregue voluntariamente a toda sua influência, esperando a hora da partida, quando os vapores da digestão, subindo até meu cérebro, obstruíram a tal ponto as passagens pelas quais as ideias chegam, provenientes dos sentidos, que toda comunicação se viu interceptada; e assim como meus sentidos não transmitiam mais nenhuma ideia ao meu cérebro, este, por sua vez, não podia mais enviar o fluido elétrico que os anima e com o qual o engenhoso doutor *Valli* ressuscita rãs mortas.

O leitor compreenderá facilmente, depois de ter lido este preâmbulo, por que minha cabeça tombou sobre o meu peito e por que os músculos do polegar e do indicador da minha mão direita, não estando mais estimulados por aquele fluido, relaxaram-se tanto que um tomo das obras do marquês *Caraccioli*, que eu segurava entre esses dois dedos, escapou-me sem que eu me desse conta e caiu na lareira.

Eu acabara de receber visitas, e minha conversa com as pessoas que haviam saído havia pouco versara sobre a morte do famoso médico *Cigna*, que acabara de falecer e que fora universalmente pranteado: era um sábio, laborioso, bom médico e famoso botânico. —— O mérito daquele homem hábil ocupava meu pensamento; mas, apesar disso, eu me perguntava: se me fosse permitido invocar as almas de todos que ele talvez tenha feito passar para o outro mundo, sua reputação não sofreria algum desdouro?

Eu me encaminhava insensivelmente para uma dissertação sobre a medicina e seus progressos desde *Hipócrates*. —— Perguntava-me se os personagens famosos da Antiguidade que faleceram em seus leitos, como *Péricles*, *Platão*, a célebre *Aspásia* e o próprio *Hipócrates*, morreram como pessoas comuns, de uma febre pútrida, inflamatória ou verminosa, ou foram sangrados e cevados de remédios.

Só não saberia dizer por qual razão pensava nesses quatro personagens e não em outros. —— Quem há de encontrar razão em um sonho? —— Tudo que posso dizer é que foi minha alma que invocou o médico de Cós, o doutor de Turim e o famoso político que fez tão belas coisas e tão grandes erros.

Mas, quanto à elegante amiga dos três, confesso humildemente que foi o animal quem lhe fez sinal. —— Contudo, quando penso a respeito, fico tentado a sentir um pequeno ímpeto de orgulho, pois é claro que, nesse sonho, a balança em favor da razão estava em quatro a um. —— Nada mal para um militar da minha idade.

Seja como for, enquanto me entregava a essas reflexões, meus olhos acabaram de se fechar e adormeci profundamente; mas, ao fechar os olhos, as imagens dos personagens em que pensava continuou pintada sobre essa tela fina que chamamos de *memória*, e como essas imagens se misturassem no meu cérebro à ideia da invocação dos mortos, logo vi chegar em fila *Hipócrates*, *Platão*, *Péricles*, *Aspásia* e o doutor *Cigna* com sua peruca.

Eu os vi tomar assento nas cadeiras ainda dispostas em torno da lareira; só *Péricles* ficou em pé, para ler as gazetas.

"Se as descobertas de que você me fala fossem verdadeiras", dizia *Hipócrates* ao doutor, "e se tivessem sido tão úteis à medicina quanto você afirma, eu teria visto diminuir o número de homens que descem a cada dia ao reino sombrio e cujo censo, conforme os registros de *Minos*, que eu mesmo verifiquei, permanece o mesmo de outrora."

O doutor *Cigna* voltou-se para mim: "Você decerto já ouviu falar dessas descobertas?", perguntou ele. "Conhece a de *Harvey* sobre a circulação do sangue; a do imortal *Spallanzani* sobre a digestão, cujo mecanismo todos conhecemos agora?" —— E detalhou longamente todas as descobertas relativas à medicina e a multidão de medicamentos que devemos à química; fez um discurso acadêmico em louvor da medicina moderna.

"Devo acreditar", respondi então, "que esses grandes homens ignoram tudo que você acaba de lhes contar, e que suas almas, liberadas dos entraves da matéria, encontram algo de obscuro em toda a natureza?" —— "Ah, quanto engano!", exclamou o *protomédico* do Peloponeso. "Os mistérios da natureza ocultam-se tanto dos mortos como dos vivos. Aquele que a criou e que dirige tudo é o único a conhecer o grande segredo que os homens se esforçam em vão por alcançar, eis o que sabemos de certo às margens do Estige; creia-me", acrescentou, dirigindo a palavra ao

---

William Harvey (1578--1657), médico inglês, célebre por sua descrição da circulação sanguínea; Lazzaro Spallanzani (1729-1799), naturalista italiano, autor de estudos sobre os sistemas circulatório e digestivo. [N.E.]

doutor, "já é hora de se despir desse *espírito de corpo* que você trouxe da morada dos mortais; e, uma vez que os trabalhos de mil gerações e as descobertas dos homens não puderam prolongar em um único instante suas existências; uma vez que *Caronte* empurra todo dia para sua barca uma igual quantidade de sombras, não nos fatiguemos mais em defender uma arte que, na morada dos mortos em que nos encontramos, não seria útil sequer aos médicos." —— Assim falou o famoso *Hipócrates*, para minha grande surpresa.

O doutor *Cigna* sorriu; e, como as almas não têm como se negar à evidência nem calar a verdade, não somente deu razão a *Hipócrates*, mas ainda confessou, corando à maneira dos espíritos, que sempre tivera suas dúvidas.

*Péricles*, que se aproximara da janela, soltou um grande suspiro, cuja causa adivinhei. Estivera lendo uma edição do *Monitor* que anunciava a decadência das artes e das ciências; vira que sábios ilustres abandonavam suas sublimes especulações para inventar novos crimes; e estremecera ao ouvir uma horda de canibais que se comparava aos heróis da generosa Grécia, fazendo morrer sobre o cadafalso, sem vergonha e sem remorso, velhos veherandos, mulheres, crianças, e cometendo a sangue-frio os crimes mais atrozes e mais inúteis.

*Platão*, que escutara nossa conversa sem nada dizer, e vendo-a de súbito terminar de maneira inesperada, tomou a palavra por sua vez.

"Posso entender", disse-nos, "que as descobertas feitas por tantos grandes homens em todos os ramos da física sejam inúteis à medicina, que não poderá jamais mudar o curso da natureza senão à custa da vida humana, mas sem dúvida o mesmo não terá sucedido nas investigações sobre política. As descobertas de *Locke* sobre a natureza do espírito humano, a invenção da imprensa, o acúmulo de observações tiradas da história, os muitos livros profundos que difundiram a ciência até junto ao povo —— tantas maravilhas, enfim, terão sem dúvida contribuído para aprimorar os homens, e aquela república feliz e sábia que eu havia imaginado e que o século em que vivia me fez ver como um sonho impraticável, ela certamente existe no mundo de hoje, não?" —— A essa pergunta, o honesto

---

Na mitologia grega, barqueiro que conduzia as almas dos mortos ao Hades, cruzando um rio (que varia conforme a versão: Estige, Lete, Aqueronte). [N.E.]

Fundada em 1789, a *Gazette nationale* (que trazia o subtítulo de *Le Moniteur universel*) cobria a atualidade política francesa e transcrevia os debates parlamentares. [N.E.]

John Locke (1632-1704), filósofo inglês, autor do célebre *Ensaio sobre o entendimento humano* (1689). [N.E.]

doutor baixou os olhos e não respondeu senão por suas lágrimas; em seguida, ao enxugá-las com o lenço, mexeu involuntariamente na peruca, de modo que parte de seu rosto ficou escondido. "Deuses imortais", disse *Aspásia*, soltando um grito agudo, "que estranha figura! Terá sido alguma descoberta de seus grandes homens que lhes inspirou a ideia de enfeitar a cabeça assim, com o crânio alheio?"

*Aspásia*, a quem as dissertações dos filósofos faziam bocejar, pegara um jornal de modas que estava sobre a lareira e já o folheava fazia algum tempo, quando a peruca do médico fez com que soltasse essa exclamação; e, como a poltrona estreita e oscilante sobre a qual estava sentada era muito incômoda, ela acomodara sem cerimônias as duas pernas nuas, enfeitadas de fitinhas, sobre a cadeira de palha que estava entre mim e ela, enquanto se apoiava com o cotovelo em um dos largos ombros de *Platão*.

"Isto não é um crânio", respondeu-lhe o doutor, pegando a peruca e atirando-a ao fogo. "É uma peruca, senhorita, e não sei por que não atirei este ornamento ridículo às chamas do Tártaro quando fui ter com vocês; mas os costumes ridículos e os preconceitos são tão inerentes à nossa miserável natureza, que nos acompanham por algum tempo, mesmo no além-túmulo." —— Eu sentia um prazer singular ao ver o doutor renunciar, assim, ao mesmo tempo, à medicina e à peruca.

"Eu lhe asseguro, doutor", disse-lhe *Aspásia*, "que a maioria dos penteados representados neste caderno que folheio mereceriam o mesmo destino da sua peruca, de tão extravagantes!" —— A bela ateniense divertia-se, percorrendo as gravuras, e se surpreendia com razão diante da variedade e da bizarria dos adereços modernos. Uma figura dentre todas pareceu chocá-la: a de uma jovem dama, representada com um penteado dos mais elegantes, e que *Aspásia* julgou somente um pouco alto demais; mas a peça de tule que lhe cobria o busto era tão extraordinariamente vasta que só a duras penas se via metade do rosto... *Aspásia*, não sabendo que essas formas prodigiosas eram obra do amido, não pôde deixar de manifestar uma surpresa que teria redobrado, em sentido inverso, se o tule fosse transparente.

"Mas explique-nos", disse ela, "por que as mulheres de hoje parecem usar roupas mais para se cobrir que para se vestir? Mal mostram o rosto, único modo de reconhecer seu sexo, a tal ponto as formas de seus corpos são desfiguradas pelas pregas bizarras dos tecidos! De todas as figuras representadas nestas folhas, nenhuma deixa descoberto o colo, os braços e as pernas: como é possível que os jovens guerreiros de hoje ainda não tenham tentado destruir tal hábito? Ao que parece", acrescentou ela, "a virtude das mulheres de hoje, que se mostra em todas as suas roupas, excede em muito a das minhas contemporâneas!"

Concluindo essas palavras, *Aspásia* me olhava e parecia me pedir uma resposta. —— Fingi que não tinha percebido; —— e, para me conferir algum ar de distração, eu empurrava para as brasas, com as pinças e com um olhar distraído, os restos da peruca do doutor que haviam escapado ao incêndio. —— Dei-me conta, então, que um dos nós das fitinhas que cerravam a sandália de *Aspásia* estava desfeito: "Permita-me", eu lhe disse, "senhora encantadora!" —— e, a essas palavras, eu me curvei vivamente, levando as mãos na direção da cadeira onde julgava ver aquelas duas pernas que fizeram outrora sonhar grandes filósofos.

Estou convencido de que, nesse momento, eu estava à beira do genuíno sonambulismo, pois o movimento a que me refiro foi muito real; mas *Rosine*, que descansava sobre a cadeira, pensou que aquele movimento fosse para ela e, saltando lepidamente para meus braços, devolveu aos infernos as sombras famosas evocadas pelo meu traje de viagem.

Encantador país da imaginação, tu, que o Ser benfeitor por excelência destinou aos homens, para consolá-los da realidade, chegou a hora de te abandonar. —— É hoje o dia em que certas pessoas, de quem depindo, pretendem devolver minha liberdade, como se a tivessem tirado de mim! Como se estivesse em seu poder subtraí-la de mim por um único instante e me impedir de percorrer à vontade o vasto espaço sempre aberto diante de mim! —— Proibiram-me de percorrer uma cidade, um ponto; mas deixaram-me o universo inteiro: a imensidão e a eternidade estão às minhas ordens.

É hoje, pois, o dia em que estou livre; ou melhor, o dia em que novamente serei posto a ferros! O jugo das relações humanas há de pesar novamente sobre mim; não darei nem mais um passo que não seja medido pelo decoro e pelo dever. —— Feliz de mim, se alguma deusa caprichosa não me fizer esquecer de um ou de outro, e se puder escapar a esse novo e perigoso cativeiro!

Ai, não me deixaram concluir minha viagem! Foi a fim de me punir que me relegaram ao meu quarto? —— A essa região deliciosa, que guarda todos os bens e todas as riquezas do mundo? Seria o mesmo que exilar um rato num celeiro.

Entretanto, jamais me dei conta com tanta clareza que sou *duplo*. —— Por mais que lamente meus deleites imaginários, sinto-me forçosamente consolado: uma força secreta me arrasta; ela me diz que preciso do ar e do céu, e que a solidão mais se parece à morte. —— Eis-me vestido; —— minha porta se abre: —— deambulo sob as espaçosas arcadas da *via* Po; —— mil fantasmas agradáveis revoluteiam diante dos meus olhos. —— Sim, eis aqui esta mansão, —— esta porta, —— esta escada; —— estremeço de antemão!

É assim que experimentamos um antegosto ácido, quando cortamos um limão para comer.

Ah, meu animal, meu pobre animal, toma cuidado!

# A VIAGEM AO REDOR

ENRIQUE VILA-MATAS

No inverno passado, eu ia caminhando a passo rápido pelas animadas arcadas ao longo da *via* Po, em Turim. Fazia frio, e eu tentava me refugiar em algum café, quando alguém me disse que, no inverno de 1794, num quarto que dava para aquela rua antiga, Xavier de Maistre escrevera *Viagem ao redor do meu quarto*.

Achei estranho que existisse um lugar físico em que fora escrito um livro que eu sempre lera como uma viagem exclusivamente mental. Nunca imaginei que pudesse existir um quarto de verdade em *Viagem ao redor do meu quarto*. E, de quebra, tinha esquecido que o livro fora escrito em Turim. Fazia já muitos anos que tinha perdido meu exemplar da coleção Austral (recuperado faz alguns meses), e para mim a obra do conde de Maistre era antes um título sugestivo que uma obra propriamente dita. Naquele dia, o que mais me chocou foi que o quarto de *Viagem ao redor do meu quarto* pudesse converter-se num refúgio de circunstância contra o frio. Era como se me convidassem a repetir a mesma viagem de fora para dentro que, em seu momento, realizou Xavier de Maistre quando, depois de se bater em duelo, viu-se condenado pelas autoridades militares a permanecer 42 dias confinado na elegante serenidade daquele quarto, hoje mítico na história da literatura. Mítico, em parte, por causa de Borges, que nessas coisas quase nunca falha. Ou não nos acontece com frequência que, ao cruzar com um mito literário, descubramos que já passou por ali a sombra borgiana, para lhe dar um último toque de graça? No conto "O Aleph", Borges faz o livro do conde de Maistre aparecer de forma lateral, mas suficiente, uma vez que colabora para a compreensão desse relato de uma experiência mística (a revelação de uma totalidade fantástica), no qual se oferecem ao leitor dois modos de narrar o assombro de *ver mais*. De um lado, Carlos Argentino Daneri, uma espécie de Dante malogrado, que vem se valendo do Aleph (pequena esfera furta-cor que permite ver a simultaneidade do universo) a fim de escrever um poema monstruoso em que menciona, com desajeitado esnobismo francês, *Voyage autour de ma chambre*. De outro lado, um personagem chamado Borges diz que, ao ver o Aleph, temeu que não restasse no mundo nada mais que pudesse surpreendê-lo ao mesmo ponto. Carlos Argentino e Borges parecem uma cópia do *animal* e da *alma*, criados, antes da invenção da psicanálise, pelo conde de Maistre para que combatessem a unhas e dentes em seu quarto turinense: "A grande arte de um homem de gênio consiste em saber adestrar bem seu animal, para que ele possa andar por conta própria, enquanto a alma, liberta desse companheiro sofrível, fica livre para se elevar aos céus".

No capítulo 37 do livro de Xavier de Maistre, encontramos precisamente um tímido Aleph, anterior ao de Borges: "Das profundezas dos infernos à última estrela fixa para lá da Via Láctea, aos confins do universo, às portas do caos, eis o vasto campo por onde passeio em extensão e largura, e ao meu bel-prazer; pois não me faltam nem tempo, nem espaço".

Não tenhamos mais dúvidas. No nosso quarto de sempre, sem sair a rua nenhuma, podemos exercer o dom (que tantas vezes esquecemos) de ver a esfera que permite enxergar a simultaneidade do universo. Contribuíram para divulgar esse dom as páginas dessa pioneira viagem ao redor do quarto empreendida por Xavier de Maistre, nascido em Chambéry e testemunha de uma época de grandes transformações em sua pátria, a Saboia, transformações que levaram esse nobre a ir ganhar a vida modestamente como pintor de paisagens em São Petersburgo. Xavier era o irmão mais jovem do famoso e temido Joseph de Maistre, reacionário sem fissuras. O crítico parisiense Sainte-Beuve, grande propagandista de *Viagem ao redor do meu quarto*, define Xavier como um irmão mais jovem e feliz por sê-lo — e ainda como homem de grande ingenuidade e encanto: "Em termos morais, é o homem mais parecido a sua obra que se possa imaginar: ingênuo, curioso, docemente astuto e sorridente, sobretudo bondoso, agradecido e sensível até as lágrimas, como um rapaz — um autor, enfim, que tanto mais se parece a seu livro quanto nunca pensou em ser autor".

Não pensar em si mesmo como autor facilitou seu êxito. E talvez explique, ao menos em parte, o frescor e a agilidade que o texto conservou — na esteira *shandy* de seu admirado Laurence Sterne e sua célebre *Viagem sentimental pela França e pela Itália*. Por força das circunstâncias, esse autor que ignorava sê-lo esteve uma única vez em Paris, quando já tinha mais de setenta anos, e ficou mais que surpreso ao saber que era famoso e adorado ali. Enfeitiçara os parisienses com a originalidade daquela viagem imóvel, com a leveza cervantina do livro — e nem se havia dado conta. Vivera por anos na Rússia, sem saber que sua viagem craniana causara estrago na França. E, de fato, era parado nas ruas de Paris, perguntavam-lhe de onde surgira aquele texto tão surpreendente. De um confinamento, respondia o conde, cabisbaixo. Mas, um dia, seu rosto se iluminou: o confinamento, declarou certa vez, conectara-o ao Universo.

Proust, Liz Themerson, Perec, Stevenson (o *animal* e a *alma* do quarto turinense refletem-se no doutor Jekyll e no senhor Hyde) tinham adoração pelos resultados literários daquela conexão com o espaço sideral, daquela paródia inteligente dos relatos de viagens extraordinárias. O conde escreveu seu livro—obra-prima da leveza—à maneira de um relato autobiográfico em que alguém, a pretexto de, por exemplo, descrever a própria escrivaninha, conta o assombro de *ver mais* que os outros. Não se sabia ainda que toda viagem, por mais inovadora que seja, acaba por criar seus precursores. No caso de *Viagem ao redor do meu quarto*, Lao-Tsé, fundador da moderna viagem interior, seria uma das primeiras referências: "Sem sair pela porta, conhece-se o mundo, / Sem olhar pela janela, veem-se os caminhos do céu, / Quanto mais longe se vai, menos se aprende". Outro precursor seria o surpreendente Luciano de Samósata, que há dezenove séculos contou como chegara à Lua a bordo de um barco e como testemunhara uma guerra espacial entre o imperador da Lua e o imperador do Sol.

Que *Viagem* tenha a mesma leveza e o mesmo frescor desses dois clássicos é coisa que se vê perfeitamente quando De Maistre nos diz que não há nada melhor que seguir no encalço das ideias, "como o caçador persegue a caça, sem pensar em manter qualquer rota". Parecia já conhecer o vaivém moderno entre automatização, paródia e renovação: "Quando viajo ao redor do meu quarto, raramente sigo uma linha reta". Era movido por uma poética do vaivém e um temor natural de que sua viagem imóvel também pudesse ser parodiada. O resultado é uma imitação do movimento perpétuo da mosca presa no quarto, somada a toda ordem de deslocamentos e pensamentos em zigue-zague. E um legado para o futuro que ele mal podia imaginar. Sem ter como suspeitá-lo, De Maistre estava preparando o terreno para que nossa viagem contemporânea fosse uma sucessão infinita de odisseias da *via* Po.

Imagino o inovador Xavier de Maistre no momento mesmo em que terminava o livro, sentindo-se mais duplo que nunca, mais dividido que nunca entre o *animal* e a *alma*. Um impulso misterioso lhe diz que precisa de ar fresco e de céu, e então ele decide dar a viagem por concluída: "—Eis-me vestido;—minha porta se abre:—deambulo sob as espaçosas arcadas da *via* Po;—mil fantasmas agradáveis revoluteiam diante dos meus olhos.—Sim, eis aqui esta mansão,—esta porta,—esta escada;—estremeço de antemão!".

Do meu quarto, eu o vejo sair à rua. Será o final de sua viagem que o aflige assim? Como encaixa o primeiro golpe de ar? Saiba ou não, sua paródia das viagens há de significar um salto mental, um ponto de vista inédito, que permitirá a leitores futuros, sem sair de casa, o assombro de ver as portas do caos e a simultaneidade do universo. O assombro, para dizer tudo, de *ver mais*.

TRADUÇÃO DE
SAMUEL TITAN JR.

SOBRE ESTA EDIÇÃO

A primeira edição de *Voyage autour de ma chambre* foi publicada em Lausanne, em 1795 (mas com a data de 1794 no frontispício), por obra de Joseph de Maistre, irmão mais velho do autor. Xavier de Maistre cuidou de pelo menos mais duas edições de seu primeiro livro, em 1811 e 1825, com divergências textuais de detalhe. Em todas as edições, persiste um uso muito peculiar dos travessões, inspirado na leitura de Laurence Sterne: de *Tristram Shandy* (1759-1767), certamente, mas sobretudo da *Viagem sentimental à França e à Itália* (1768). Ora o sinal gráfico serve à ênfase retórica e à marcação rítmica, ora à introdução do discurso direto. Sem querer "domar", por amor à norma, o que sem dúvida era um efeito de estilo deliberado, esta edição optou por sinalizar o início do discurso direto apenas por meio de aspas, preservando o uso autoral dos travessões em todas as outras e diversas situações.

    Se a gênese do *Voyage* está ligada ao confinamento do autor em seu quarto na citadela de Turim, vale registrar que também esta nova edição brasileira da *Viagem* nasceu em circunstâncias singulares. — Não, leitora, não, leitor: nenhum dos envolvidos bateu-se em duelo! Mas todos, não é menos verdade, trabalhamos confinados aos nossos respectivos endereços, cumprindo a quarentena do primeiro semestre de 2020 e fazendo, assim esperamos, bom uso do tédio decorrente, à maneira do jovem Xavier de Maistre — ou talvez, antes, à maneira simpaticamente lelé do tio Toby, de *Tristram Shandy*, cultivando seu indefectível *hobbyhorse*. Foi uma quarentena à maneira do século XXI, é claro, em que o encerramento físico foi de par com a comunicação remota: a tradução foi feita em Rennes (França), a preparação de originais em Montréal (Canadá), as fases seguintes da fabricação em São Paulo (entre Bela Vista e Higienópolis, Campos Elíseos e Ipiranga), sem nenhum encontro físico ao longo do processo. Terá valido a pena — mas, enfim, uma vez basta...

OS EDITORES

SOBRE A COLEÇÃO

Fábula: do verbo latino *fari*, "falar", como a sugerir que a fabulação é extensão natural da fala e, assim, tão elementar e diversa e escapadiça quanto esta; donde também falatório, rumor, diz-que-diz, mas também enredo, trama completa do que se tem para contar (*acta est fabula*, diziam mais uma vez os latinos, para pôr fim a uma encenação teatral); "narração inventada e composta de sucessos que nem são verdadeiros, nem verossímeis, mas com curiosa novidade admiráveis", define o padre Bluteau em seu *Vocabulário português e latino*; história para a infância, fora da medida da verdade, mas também história de deuses, heróis, gigantes, grei desmedida por definição; história sobre animais, para boi dormir, mas mesmo então todo cuidado é pouco, pois há sempre um lobo escondido (*lupus in fabula*) e, na verdade, "é de ti que trata a fábula", como adverte Horácio; patranha, prodígio, patrimônio; conto de intenção moral, mentira deslavada ou quem sabe apenas "mentirada gentil do que me falta", suspira Mário de Andrade em "Louvação da tarde"; início, como quer Valéry ao dizer, em diapasão bíblico, que "no início era a fábula"; ou destino, como quer Cortázar ao insinuar, no *Jogo da amarelinha*, que "tudo é escritura, quer dizer, fábula"; fábula dos poetas, das crianças, dos antigos, mas também dos filósofos, como sabe o Descartes do *Discurso do método* ("uma fábula") ou o Descartes do retrato que lhe pinta J. B. Weenix em 1647, de perfil, segurando um calhamaço onde se entrelê um espantoso *Mundus est fabula*; ficção, não-ficção e assim infinitamente; prosa, poesia, pensamento.

PROJETO EDITORIAL SAMUEL TITAN JR. / PROJETO GRÁFICO RAUL LOUREIRO

SOBRE O AUTOR

Nascido em 8 de novembro de 1763, em Chambéry, então pertencente ao reino da Sardenha, Xavier de Maistre pertencia a uma família da nobreza da Saboia. Seu pai era presidente do Senado local, e seu irmão mais velho, Joseph, viria a ser um nome importante da reação europeia à Revolução Francesa. Muito jovem ainda, em 1781, ingressou na infantaria naval e numa carreira militar que, de início, progrediu apenas lentamente, talvez ao sabor de outros interesses, como a pintura de paisagem, a literatura, as ciências e mesmo o balonismo: em 1784, embarcou no primeiro balão de ar quente (*montgolfière*) a subir aos céus da Saboia. Quase dez anos depois de se alistar, em 1790, não era mais que tenente, e foi com esse grau que, em 1793, participou da campanha militar contra as tropas revolucionárias francesas; junto com seu regimento, passou longas temporadas em Aosta, onde conheceu um leproso que, anos mais tarde, inspiraria um relato breve, *O leproso da cidade de Aosta*, publicado em 1811. Em 1794, após participar de um duelo com um oficial piemontês, De Maistre viu-se punido com um confinamento disciplinar de 42 dias em seu quarto em Turim, que serviu de ensejo para a *Viagem ao redor do meu quarto*, escrita em francês (como toda sua obra) e publicada no ano seguinte, em Lausanne. Promovido a capitão em 1797, não pôde gozar por muito tempo da nova patente: em dezembro de 1798, o rei Carlos Emanuel IV abdicou, dissolveu o exército e se refugiou na Sardenha, e De Maistre teve de tomar o caminho do exílio. Incorporando-se às forças russas em ação na Europa ocidental, serviu sob as ordens dos príncipes Bagration e Suvorov. Quando este, caído em desgraça, faleceu em São Petersburgo, em 1800, o autor da *Viagem* desligou-se do serviço militar e passou a ganhar a vida precariamente como pintor, situação que só se alterou quando o irmão,

Joseph, embaixador na Rússia, conseguiu-lhe cargos burocráticos no Almirantado. De volta ao exército russo e promovido a coronel em 1809, De Maistre serviu primeiro no Cáucaso, onde foi ferido gravemente, e em seguida na longa campanha antinapoleônica. Em 1813, promovido a general, casou-se com Sofia Zagriatska, nobre russa ligada à corte imperial, com quem teria quatro filhos, todos falecidos ainda jovens. Em 1825, publicou dois romances inspirados em suas experiências na Rússia, *A jovem siberiana* e *Os prisioneiros do Cáucaso*. No mesmo ano, publicou também uma *Expedição noturna ao redor do meu quarto*, cuja redação iniciara pouco depois da *Viagem* de 1794-1795, mas que só retomou décadas depois. De 1826 a 1838, viveu na Itália com a esposa, em busca de um clima menos inclemente; de volta à Rússia via Paris, onde encontrou o crítico Sainte-Beuve, De Maistre instalou-se com a esposa em São Petersburgo, onde tornou a se dedicar à pintura e a cultivar interesses diversos — entre outros, pela invenção do daguerreótipo, em 1839. Um ano após a morte da esposa, Xavier de Maistre faleceu em São Petersburgo, em 12 de junho de 1852.

SOBRE A TRADUTORA

Veresa Moraes nasceu em São Paulo, em 1976. Formou-se em Publicidade e Propaganda na Universidade Mackenzie (2002) e em Letras (Francês e Português) na Universidade de São Paulo (2013), com um período de estudos na Universidade de Paris IV. Mora desde 2018 em Rennes, na França. Esta é sua primeira tradução literária.

SOBRE ESTE LIVRO

*Viagem ao redor do meu quarto*, São Paulo, Editora 34, 2020 TÍTULO ORIGINAL *Voyage autour de ma chambre*, 1794. Fez-se a tradução a partir do texto de Xavier de Maistre, *Voyage autour de ma chambre* (Paris: José Corti: 1984) TRADUÇÃO © Veresa Moraes, 2020 PREPARAÇÃO Rafaela Biff Cera REVISÃO Andressa Veronesi, Flávio Cintra do Amaral PROJETO GRÁFICO Raul Loureiro IMAGEM DE CAPA Daniel Bueno, 2020 ESTA EDIÇÃO © Editora 34 Ltda., São Paulo; 1ª edição, 2020; 1ª reimpressão, 2021. A reprodução de qualquer folha deste livro é ilegal e configura apropriação indevida dos direitos intelectuais e patrimoniais do autor. A grafia foi atualizada segundo o Acordo Ortográfico da Língua Portuguesa de 1990, que entrou em vigor no Brasil em 2009.

cip – Brasil. Catalogação-na-Fonte
(Sindicato Nacional dos Editores de Livros, rj, Brasil)

Maistre, Xavier de, 1763-1852
Viagem ao redor do meu quarto /
Xavier de Maistre; tradução de Veresa Moraes;
posfácio de Enrique Vila-Matas — São Paulo:
Editora 34, 2020 (1ª Edição); 1ª reimpressão — 2021
88 p. (Coleção Fábula)

Tradução de: Voyage autour de ma chambre

isbn 978-65-5525-029-9

1. Ficção francesa.  1. Moraes, Veresa.
ii. Vila-Matas, Enrique.  iii. Título.  iv. Série.

cdd – 843

TIPOLOGIA FOURNIER E RENNER PAPEL PÓLEN SOFT 70 G/M²
IMPRESSÃO EDIÇÕES LOYOLA, EM JANEIRO DE 2021 TIRAGEM 3 000

EDITORA 34

Editora 34 Ltda. Rua Hungria, 592
Jardim Europa CEP 01455-000
São Paulo – SP Brasil
Tel/Fax (11) 3811-6777
www.editora34.com.br